PARTIR
AVANT LA FIN

Du même auteur

L'eau froide efface les rêves
Régine Deforges, 1989
Ancrages, 2000

Comment font les autres ?
Seuil, 1994

Rassurez-vous, tout le monde a peur
Seuil, 1999

Beau-fils
prix Victor-Rossel
Seuil, 2003

La madone des plaines de jeux
Le Grand Miroir, 2003

On ne va pas se quitter comme ça ?
Seuil, 2010

Avec plaisir, François
Seuil, 2013

ARIANE LE FORT

PARTIR AVANT LA FIN

roman

ÉDITIONS DU SEUIL
*25, bd Romain-Rolland, Paris XIVe*

ISBN 978-2-02-138554-0

www.seuil.com

À Christine
À Pascal

I

Nils

Ça commençait mal. La glycine avait beau être touffue, compacte au-dessus de nos têtes, elle ne suffisait pas à empêcher la pluie de nous mouiller les pieds. Ça n'avait pas l'air de gêner Nils, qui se tenait debout sur le trottoir, les mains nouées derrière le dos, peut-être tout disposé à passer là le reste de sa vie. Sa haute taille masquait en partie la porte entrouverte derrière laquelle on devinait un espace frais et sombre à l'odeur marquée, mais pas vraiment définissable. Il avait trois orteils du pied gauche mal découpés, comme non finis, je les ai fixés un moment, surprise par ces orteils étrangers et par les gouttes qui tombaient sur ses pieds nus. J'ai hasardé, comme si ça ne se voyait pas :

– Il pleut.

Ma voix était partie dans les aigus malgré moi, j'ai ri bêtement, la situation était un peu ridicule. Et je n'aurais pas dû être là, je n'aurais pas dû être là. Il s'est gratté le cou en regardant droit devant lui la rue étroite dans laquelle personne ne passait, ni voitures ni piétons, un quartier mort.

– Je suis complètement flippé.

Et il a ri aussi mais ça ne paraissait pas simple, en effet.

Et puis il s'est tourné vers moi. Il avait les yeux qui brillaient, un peu aqueux ; il avait l'air bourré, rétamé, sa chemise ouverte tombait mollement sur son jean, on aurait dit qu'il était en pyjama, et si on le regardait en continu on pouvait voir qu'il oscillait d'avant en arrière, presque imperceptiblement, comme un immeuble par grand vent. Il a dit à voix basse :

– Je ne pensais pas que tu oserais venir.

– Tu veux que je reparte ?

– Oh... non, écoute, non. Non. Non.

Mais il semblait hésiter pour de bon et j'ai eu envie de le planter là malgré mon désir agité, et la folle impatience qui m'avait fait trembler sur le siège de ma voiture pendant tout le trajet.

Sans crier gare, il a poussé du pied la porte entrouverte pour l'ouvrir tout à fait, et il m'a prise par le cou avec une sûreté et une délicatesse inattendues, pour me faire entrer. Le hall était sombre alors que la nuit n'était pas encore tombée – il était à peine vingt et une heures –, et l'odeur devenait plus lisible : un mélange de moisi, de chat et de friture. Je l'ai suivi jusque dans la pièce principale, elle était vaste, presque aussi large que longue, on pouvait encore voir la trace du mur qui avait été abattu pour agrandir l'espace. Deux portes-fenêtres donnaient sur un jardin qui, d'entrée de jeu, sans même s'en approcher, rappelait la forêt entourant le château de la Belle au bois dormant : vert, épineux, encombré, impraticable.

Mais avant le jardin il y avait l'appartement et c'était également quelque chose. Nils avait toujours la main posée sur mon cou, on n'avait pas dit un mot depuis qu'on était entrés, et j'ai tout balayé du regard. C'était un bordel sans nom, le lieu était chargé dans sa totalité. Livres en montagnes instables, bouteilles à moitié vides, vin, eau, whisky, Coca, lait, on aurait dit que cet homme buvait tout ce qui se présentait, chaussures dépareillées, chaussettes, caleçons, T-shirts jetés çà et là, paquets entamés de biscuits secs, de tabac, assiettes et verres sales ; et puis il y avait tous ces pots de terre cuite remplis de plantes mortes, molles et grises dans la terre sèche. Tout ça dévoré par la poussière et les poils de chat, autour d'un grand lit dont les draps chiffonnés et jaunis par Dieu sait quoi semblaient n'avoir jamais été changés.

– Ça fait un moment que je dois ranger ce bazar.

Il a ri en voulant donner l'air d'y croire, mais de toute évidence il s'en tapait, ne sacrifiait pas une minute aux codes bourgeois, et j'ai juste dit :

– Au moins tu n'es pas maniaque…

Son rire a monté de volume et ne s'est pas éteint avant que nous arrivions dans le jardin, jusqu'auquel il m'a guidée sans effort, la main sur mon cou, qu'il caressait avec deux doigts. Dans ma petite robe légère ornée d'artichauts bleus stylisés, que j'avais choisie avec un soin fiévreux, et mes sandales à talons dont les fines lanières bleu-gris rappelaient le bleu des artichauts, je me sentais totalement à côté de la question.

La pluie avait cessé. Sur la petite terrasse adjacente au jardin il y avait un seul fauteuil, en skaï bleu électrique, volumineux, très laid, probablement insensible aux intempéries. Rien d'autre. Pas de table, pas de petite chaise en bois engageante, nada. Le fauteuil ne semblait pas très bien arrimé, la terrasse était faite de dalles disjointes, peut-être dépassées par l'ampleur de racines sous-jacentes, mais Nils devait s'en taper comme du reste. Il devait aimer la vue que le fauteuil proposait sur la portion de ciel de ville qui se présentait à lui.

Pluie ou pas pluie, c'était impossible de s'y asseoir tous les deux ensemble, alors on est restés debout. Il avait toujours une main sur mon cou et j'ai senti à travers ses doigts que son corps tout entier tremblotait comme le mien, on est peu de chose. Des débutants à tous les coups, des débutants jusqu'à la fin. On n'avait toujours pas dit un mot, signe qu'on était assez subtils pour savoir qu'on n'était pas là pour parler mais tout de même, j'avais envie qu'il m'embrasse sans attendre, j'en avais assez fait.

– Je suis content que tu sois là. C'est terrible comme je suis content.

Il s'est de nouveau mis à rire sans me regarder, en contemplant l'horizon tout proche, le mur du fond du jardin qu'on apercevait encore derrière le lierre grimpant qui se mélangeait au liseron. Peut-être à cause du silence particulier qui pouvait laisser penser que quelque chose se préparait, j'ai eu peur qu'il me fasse l'inventaire de la multitude de plantes qui envahissaient le minuscule terrain, et qu'il était peut-être en mesure de nommer une à une. Ça risquait d'être long. Mais tout à coup il a lâché mon cou et m'a serrée contre lui à m'étouffer.

Sa langue goûtait le vin et ses mains ne tremblaient plus du tout. Il me caressait le dos et les hanches à travers ma petite robe et rien dans l'immédiat n'aurait pu me sembler plus joyeux, plus élémentaire ni plus parfait. Ni plus troublant. Sa langue léchait la mienne, jouait avec, s'enroulait autour, ses mains remontaient vers mes seins sans hésitation par-dessus le léger coton bleu. Il les malaxait comme un fou pendant que sa langue jouait avec la mienne, c'était drôle, c'était électrisant. Je sentais sa queue dure contre le tissu. J'avais enfoui mes mains sous sa chemise, sa peau était trempée de sueur, à la fois chaude et froide, glissante et très douce, et ça glissait si facilement qu'elles sont revenues naturellement sur son ventre, et puis, qu'est-ce qui m'a pris ? l'une des deux s'est engagée sans réfléchir sous la ceinture de son jean. Son ventre était plat et menait directement à cette queue dure et chaude, je l'ai serrée entre mes doigts comme je me serais accrochée au bastingage d'un bateau.

Il a gémi et ça m'a bêtement fait plaisir, j'ai commencé à caresser la peau chaude et douce qui coulissait avec une facilité déconcertante sur ce sexe vivant et tendu malgré le caleçon qui empêchait son déploiement. Je mourais d'envie de le déshabiller, de le voir dans sa totalité, mais j'ai repensé au lit que j'avais aperçu en passant, c'était impossible de l'y amener. Pas net, pas engageant, pas envie de m'y coucher malgré le désir de l'avoir tout nu contre moi.

Il a passé ses deux mains dans mes cheveux, il ne se risquait pas à les engager sous ma robe, je lui en savais gré, tout allait trop vite et sans doute l'état du lit ne lui avait-il pas échappé non plus. Il a collé son nez contre mon oreille puis il a dit tout bas, à peine audible, avec une gourmandise amusante et timide :

– Je te lécherai la chatte.

J'avais beau avoir perdu jusqu'au souvenir de l'effet que ça pouvait faire et avoir décidé de ne plus me projeter dans un avenir même immédiat, la chatte en question s'est tout à coup émue, le frémissement s'est propagé à toute ma colonne vertébrale et j'ai frissonné de bas en haut. Étonnant, inattendu, réjouissant. De toute évidence, j'y comptais bien.

C'est moi qui ai fini par dire, pantelante mais fatiguée d'être debout, qu'il était temps que je m'en aille, alors que rien ne m'attendait nulle part. Il m'a aussitôt prise au mot et m'a raccompagnée, tout en m'embrassant, jusqu'à la porte d'entrée perdue dans le noir du couloir. Et on s'est retrouvés là tous les deux comme des idiots, empêtrés dans nos désirs frustrés.

Il m'a encore serrée contre lui avec force et c'est le moment que son chat a choisi pour venir se coller contre nos jambes. Je ne sais pas d'où il sortait, il ne s'était pas montré pendant tout le temps où nous étions restés dehors, près du fauteuil bleu. Il s'est mis à miauler comme un vrai malheureux.

– Qu'est-ce que tu fous là, Chicon ? Fous le camp.

– Il s'appelle Chicon ?

– Oui… je sais, c'est un nom débile.

Il a plongé sa tête dans le creux de mon cou en rigolant silencieusement et puis il s'est redressé et m'a regardée avec tendresse, je voyais ses yeux briller dans la pénombre.

– Nous sommes amenés à nous revoir, non ?

Il me faisait rire. Son air gourmand.

– Oui, oui, je crois.

Il a hoché la tête, content.

– C'est bien.

Et n'a pas hésité plus d'une seconde :

– Demain ?

– Demain, non. Je serai absente quelques jours.

– Ah. D'accord.

Et il m'a de nouveau serrée contre lui avec force et une profonde gentillesse. J'ai caressé ses cheveux drus avec le sentiment très net que c'était vraiment moi qu'il serrait comme ça, alors qu'il ne me connaissait pas.

Dans la petite valise verte, il y avait encore trois paires de chaussures à talons que personne n'avait songé à retirer de là. Je les ai déposées dans le bas de la penderie tandis que Violette empilait des vêtements sur le lit : plus de culottes qu'il n'en fallait, quoique, pas sûr, deux pulls à col roulé que maman ne portait plus depuis qu'elle croupissait dans cette étuve, de hautes chaussettes qui avaient l'air d'être des chaussettes d'homme, noires à fines lignes jaunes.

Le docteur Vandenhaute venait de partir, maman lui avait tenu le poignet un moment, de ses longs doigts secs, comme si c'était un bâton qui l'aidait à marcher en forêt. Triomphante, l'œil perçant, réjoui. « Si vous ne voulez pas me sortir de là, mes filles le feront à votre place. Elles m'emmènent à la mer pour me noyer. » Qu'est-ce que Violette avait bien pu lui raconter ?

J'ai fermé la valise, l'ai rouverte et ai fourré dedans la chemise de nuit beige qui traînait sur le lit. Maman semblait se désintéresser de toute cette activité et ne se mêlait de rien. La fenêtre de la chambre donnait sur l'ancien parking du Brico, qui venait d'être remplacé par un nouveau magasin Monsieur Bricolage, un pantin gonflé d'air de trois mètres de haut dansait follement au bord de la route, pour annoncer le changement. Depuis que ce truc avait été installé là, elle était hypnotisée, elle avait tout le temps envie de le frapper.

– Pourquoi personne ne lui coupe les bras, à celui-là ?

Elle a fait quelques petits mouvements de boxe dans sa direction, et puis elle a laissé tomber. Ça devait être exténuant. Elle était toute menue dans son large pantalon beige plein de taches et son grand gilet bleu ciel.

On est parties sous un rideau de pluie, avec maman tassée sur le siège avant de la petite Yaris de Violette. Maman qui n'a pas fait le moindre commentaire sur cette pluie qui tombait, comme si elle sentait confusément qu'il était plus prudent d'admettre que tout allait de soi. Mais de ma place derrière elle je pouvais voir son cou tendu et sa tête immobile qui en disait long sur l'inquiétude qui devait être la sienne. Totalement égarée sur la planète Terre avec rien pour y voir un peu clair.

On a roulé quelques kilomètres comme ça, dans un silence soi-disant amical.

C'est elle qui a flanché la première. Au bout d'une vingtaine de minutes de route grise animée seulement par le bruit douteux des essuie-glaces mal réglés elle a demandé, la nuque toujours raide :

– Mais où allons-nous ?

– À la mer, maman. On va passer quelques jours ensemble à la mer.

Elle s'est à nouveau tue pendant un long moment et puis elle s'est souvenue. Et d'une voix toute différente, plus basse, qui ressemblait au souffle d'une fillette en proie à un espoir un peu fou :

– Pour me noyer ?

Pour me noyer ? Ça y est ? Vous êtes d'accord ? Oh, comment lui résister ? Pourquoi lui résister ? Elle nous suppliait depuis des mois. *Vous êtes d'accord ?* Oh, on avait mis le temps. Pendant des semaines, on avait d'abord fait comme si on ne l'entendait pas, puis Violette avait craqué et, invoquant le prétexte qu'on se voyait trop rarement toutes les trois – elle jouait du tuba dans une formation de jazz qui tournait beaucoup à l'étranger –, avait fini par appeler l'hôtel pour réserver une chambre avec deux grands lits, face à la mer, dans les étages supérieurs pour que la vue soit large et belle. Ou pour étendre le champ des possibles ? C'était maman qui avait choisi l'hôtel, qui avait voulu la mer du Nord, sans fléchir, elle avait usé de tout son charme, qu'elle avait encore vivace, et de quelques vestiges de son ancienne autorité. « Vous me pousserez dans l'eau. Ou vous m'étoufferez avec un oreiller – les autres le font bien. » Les autres ?

Sa demande avait beau être absurde, l'unique bonne question à se poser était peut-être de savoir si nous l'aimions assez pour faire ce qu'elle voulait.

À présent, dans la réalité si dense de la petite voiture, à travers les vitres de laquelle on ne voyait quasi rien à cause de la pluie qui tombait et de la buée qu'on produisait, on comprenait sans l'aide de personne qu'il nous faudrait un courage de tous les diables pour lui donner ce coup de main, c'était juste un rêve qu'on avait caressé. Tout au plus pouvait-on espérer que les choses se feraient d'elles-mêmes, gentiment, dans cet endroit qui peut-être l'inspirerait.

Les immeubles de la côte étaient déjà visibles quand Violette m'a regardée dans le rétroviseur.

– Ça va, toi, là-derrière ?

Mon portable venait justement d'émettre son petit bourdonnement plaisant, *Tu me manques déjà*, j'en avais reçu huit depuis le matin, n'avais répondu à aucun, et avais souri chaque fois, animée d'un plaisir tout neuf, comme si rien jamais dans ma vie ne m'était arrivé avant ça.

Violette me regardait toujours dans le rétro, elle a eu un petit mouvement du cou, un mouvement de poule. Curieuse.

– C'est qui ?

– Je te raconterai.

Elle couchait depuis quelques mois avec une fille qui avait vingt ans de moins qu'elle, elle adorait les débuts. Maman a aussitôt lâché le paysage qu'elle regardait avidement depuis que son inquiétude s'était en partie dissipée et elle s'est tournée vers Violette avec une nouvelle appréhension.

– Qu'est-ce que vous dites ?

– Léo a des trucs à nous raconter.

– Léo ?

– Léonor.

– Ah, Léonor.

Mais entendre mon prénom en entier n'a pas semblé beaucoup l'éclairer.

La mer sous la pluie était plate et sans majesté, à peine visible. Violette s'est garée devant l'hôtel, face à cette eau grise à laquelle maman n'a pas jeté un regard. Elle est sortie de la voiture avec peine, en courbant aussitôt le dos pour se protéger des gouttes. Et tandis que je m'occupais des bagages elle a pris le bras de Violette et l'a suivie en regardant ses pieds. Elles marchaient si lentement que je suis arrivée en même temps qu'elles près des trois marches qui menaient au hall d'entrée, au pied desquelles elles sont restées bloquées un moment comme si maman n'avait jamais vu un escalier. Cette escapade ressemblait déjà à une fausse bonne idée, le docteur Vandenhaute savait clairement de quoi il parlait.

Le Beach Palace, lui, était fidèle à lui-même, doré et rutilant, affolant de kitsch, mais maman avait adoré y venir avec son homme chaque année au mois d'août, on n'avait jamais compris ce qu'elle lui trouvait, à cet hôtel de Flamands enrichis. Qu'avait-elle bien pu y faire avec papa pour en garder un souvenir à ce point ébouriffant ? Nous y avions fêté avec eux un anniversaire – ses quatre-vingts ans ? Derrière le haut comptoir en marbre, c'était presque la même réceptionniste rondouillarde, trop serrée dans son costume bleu nuit. Celle-ci en outre possédait de grandes dents qu'elle a découvertes, gencives comprises, pour nous offrir un sourire de bienvenue que maman n'a pas vu. Elle n'a rien vu du reste non plus, trop occupée qu'elle était à demander à Violette où se trouvaient les toilettes. Atterrée, tendue vers ce seul but, « il faut que j'aille aux toilettes, Violette, il faut que j'aille aux toilettes, où sont les toilettes, Violette ? il faut absolument que j'aille aux toilettes », elle marchait d'un petit pas saccadé qui lui donnait presque l'air de courir, obligée de remporter cette grande lutte, obligée, obligée. Mourir, d'accord, mais mouiller sa culotte, pas question.

Violette, avec une patience qui déjà allait en s'émoussant, l'a menée vers les toilettes au bout du hall d'entrée, qui sans doute seraient trop basses et nécessiteraient qu'on soit deux pour la redresser ensuite, mais c'était ça ou perdre la guerre.

Celles de l'étage étaient mieux adaptées aux circonstances. Rehaussées, avec une poignée pour se tenir. Il était passé vingt heures et, depuis près d'un quart d'heure maintenant, Violette et moi arpentions le tapis du couloir dont les motifs étaient comme deux routes étroites formées de losanges turquoise et roses autour desquels courait une frise violette. Ce tapis était laid mais la manière dont les pieds s'y enfonçaient franchement agréable. Maman était, derrière la porte fermée, occupée à faire Dieu sait quoi, probablement déchirer soigneusement chaque bout de papier W.-C. dans le sens de la longueur, et j'avais presque fini de raconter à Violette l'histoire qu'elle attendait avec une avidité d'adolescente depuis qu'on était arrivées en vue des bâtiments de la côte. La seule fois que j'avais vu Nils, c'était à un concert d'Arno une semaine plus tôt, il était accompagné de mes voisins de palier qui s'étaient faufilés jusqu'à nous, mes deux collègues du musée et moi, vissées au bar. Au moment des présentations, une de mes deux collègues avait reconnu en Nils l'ami de ses huit ans, elle avait été en primaire avec lui cinquante ans plus tôt. Bruxelles, mon village.

Cette scène m'était si familière : le hall d'entrée de la salle de concert aux murs tapissés d'une moquette brun sale inchangée depuis vingt ans, mes voisins que je croisais chaque matin, l'école primaire d'Isabelle qui aurait pu être la mienne, et la belle tête de Nils que je regardais avec curiosité et plaisir, avec une impression de déjà-vu et l'envie déjà prégnante de le revoir encore et encore. J'avais la certitude qu'il pensait la même chose.

Violette ne perdait pas une miette de ma nouvelle histoire d'amour après des années de disette, tandis que des haut-parleurs invisibles diffusaient en sourdine une musique de foire à saucisses sur laquelle une voix masculine plaquait des paroles incompréhensibles dans un flamand jovial et plein d'entrain. Les W.-C. se trouvaient juste à côté d'un placard à linge et une petite femme de chambre asiatique est soudain apparue, venue du fond du couloir, on n'avait même pas entendu le bruit de ses pas noyés dans la moquette. Elle nous a souri, sans doute étonnée de nous voir là.

Mais si on s'en allait maman ne retrouverait jamais la chambre bien qu'elle fût à cinq mètres.

La petite dame est repartie avec, sur le bras, une pile de serviettes blanches aux rayures dorées et Violette a attendu qu'elle ait atteint l'autre bout du bâtiment pour me demander :

– Tu vas quand même à Budapest ?

– Oui.

Violette a repris sa route sur les losanges roses et turquoise, concentrée comme si je lui avais donné dix minutes pour résoudre le problème.

L'immense lettre L du mot « HOTEL » éclairait le petit balcon sur lequel Violette se tenait dans le vent du nord, pour fumer ce qui ressemblait à un joint. La chambre était gigantesque, moelleuse comme un loukoum, moquette épaisse rose pâle, têtes de lit en imitation acajou bordées de dorures en forme de défenses d'éléphant – ils n'avaient peur de rien –, et la vue sur cette eau grise, à travers l'immense porte-fenêtre, était impressionnante. La mer du Nord semblait vaste, imprenable et sauvage.

À notre arrivée, maman était d'abord entrée dans la chambre avec un air hautain et faussement intéressé de dame en visite. Elle avait tout à coup changé de tête en la voyant, la mer, l'avait contemplée un moment, bouche ouverte, avant d'aller chercher dans la poche gauche de son pantalon le mouchoir en tissu qu'elle y gardait en permanence pour se frotter l'œil avec une minutie et une concentration qui prenaient un temps fou. Puis elle avait tout embrassé du regard : la chambre, la mer, ses filles, en tournant à pas minuscules sur elle-même, avec prudence peut-être mais une joie manifeste.

– Vous avez vu comme c'est beau ?

On ne savait trop si elle parlait du dehors ou du dedans mais on ne pouvait qu'être d'accord. Dehors, en tout cas, c'était beau.

À présent, elle était assise sur son lit, et lissait le drap depuis de longues minutes avec une vraie tendresse. J'étais allongée sur le lit que je partagerais avec Violette, qui était toujours dehors où, le vent aidant, son joint se consumait sans doute plus vite que ce qu'elle espérait. Elle était presque aussi menue que maman mais elle semblait indestructible malgré la force du vent. On avait toutes les trois à peu près le même gabarit, Violette était la plus fine, elle n'avait pas eu d'enfant. Difficile de croire qu'elle aurait bientôt soixante ans, on aurait dit une fillette. Soixante ans ! Ça paraissait invraisemblable. Il me semblait que nous avions si peu changé.

Elle avait l'air d'être totalement ailleurs que sur ce balcon venteux. Peut-être était-elle absorbée par la pensée de Fanny, la pensée du corps de Fanny ; quand elle m'en avait vanté la douceur, j'avais imaginé une montagne de plumes de poussins dans laquelle Violette avait la chance de plonger tous les soirs. J'avais très envie d'être emportée moi aussi dans le mouvement de ces plumes, et je me suis aperçue que pas une seconde de la journée je n'avais perdu Nils, il avait tout le temps été là.

Pas un bruit. On aurait dit qu'elle était morte. Pas un mouvement malgré le raffut que Violette et moi avions eu le temps de faire depuis qu'on était debout, et celui de la mer à marée haute qui montait jusqu'à nous par la fenêtre ouverte. Le morceau de chambre où maman dormait était toujours plongé dans la pénombre.

Il y a eu un moment suspendu. Violette et moi, on ne s'est même pas regardées. Je me suis approchée du lit et j'ai remarqué le léger mouvement du drap, sa respiration lente. J'ai éprouvé un soulagement, somme toute inattendu, en voyant ce fragile battement qui nous rassurait sur la relative permanence des choses et sur la suite de la journée, même si cette mort-là, dans ce lit cossu aux draps empesés, aurait de toute évidence été plus douce que n'importe quelle autre mort qui forcément l'attendait.

Elle a ouvert les yeux, nous a vues sans paraître nous identifier et a souri au cas où. Puis elle a regardé le plafond, les murs autour d'elle, elle ne reconnaissait rien mais n'a rien dit du tout. Pendant quelques secondes. Et puis elle est revenue. Elle a dit d'une voix qui venait de très loin, d'une blancheur totale :

– Où sont les toilettes, Violette ? Il faut absolument que j'aille aux toilettes.

Et elle s'est mis en tête, avec toutes les peines du monde et la lenteur qui l'habitait, de sortir de son lit pour atteindre ce foutu graal qu'elle poursuivait dix fois par jour, au minimum. Déjà épuisée rien qu'à l'idée, et on était seulement le matin.

Rien n'allait. Dans la salle du petit déjeuner, elle est passée toute raide devant le buffet pourtant impressionnant, débordant de tout ce qu'on pouvait envisager comme aliments du matin, sucrés ou salés, pain et œufs sous toutes les formes, saucisses, pommes de terre rissolées, fruits, yaourts, céréales, charcuterie, fromage, jus, même une bouteille de champagne dans un seau à glace – qui n'était après vérification qu'un crémant d'Alsace –, elle est passée devant tout ça sans rien regarder.

– Maman, qu'est-ce que tu veux manger ?

– Il n'y a rien de ce que je veux.

Elle a traversé la salle sans s'arrêter, accrochée à mon bras, tandis que Violette attrapait au passage une assiette sur laquelle elle a déposé une tranche de pain gris, un carré de beurre et un ravier de confiture aux prunes, et ajouté un croissant au cas où. Puis on a installé maman à la dernière table libre près de la fenêtre, avec vue sur la mer qui brillait sous le soleil revenu. À la table juste à côté, il y avait un jeune couple genre barakis, la coiffure du gars ressemblait à celle de certains joueurs de foot inspirés, crête dorée émergeant du crâne rasé, il n'avait pas trente ans mais déjà un ventre de buveur de bière prêt à exploser sous le T-shirt. Sa femme, assise en face de lui, avait le même ventre et des gros seins tendus sous un sweat-shirt violet, sans doute avait-elle l'excuse d'être enceinte. Sur le sweat-shirt il était écrit « *Just do it* », étalé sur son gros ventre. Son homme était plongé dans son smartphone, comme si le *how to do it* allait en jaillir à sa demande.

Maman s'est assise lourdement, enveloppée de cette odeur aigre qui ne la quittait plus, elle semblait être à bout, débordée alors qu'il n'y avait rien à faire d'autre que s'asseoir face à la mer. Elle l'a regardée avec dépit.

– Je trouve ça très laid.

Rien à répondre. La mer était splendide. Bleue et verte, lumineuse. Et j'ai soudain été prise d'un accès de nervosité qui frisait la panique. J'ai fouillé dans mon sac pour y trouver mon téléphone tandis que Violette exposait à maman les différents éléments dans son assiette. J'ai tapé sur les touches de mon Nokia à une vitesse dont je ne me serais jamais crue capable : *Je rentre demain. J'aimerais beaucoup te voir.*

Et maman, découvrant soudain ses voisins qui n'avaient rien de commun, ni de près ni de loin, avec ce qu'elle avait eu l'habitude de fréquenter pendant quatre-vingt-huit ans, s'est interrompue dans son geste – beurrer sa tartine inlassablement – pour constater : « Oh mon Dieu, qu'ils sont gros ! », d'une voix très forte qui n'avait plus rien à voir avec celle qui cherchait les toilettes quand elle s'était réveillée.

Elle ne perdait pas le nord. À peine assise sur un des nombreux bancs de la digue, en plein soleil que le léger vent empêchait de brûler trop ouvertement, elle a désigné la mer à marée basse, avec sa canne.

– Pourquoi elle est si loin ? On doit marcher jusque là-bas ?

Sa voix était tout de même un peu inquiète, vacillait.

– On ne doit pas marcher jusque-là, maman, on peut rester ici.

– Pour me noyer ? Ah bon ? On peut rester ici ?

C'était un puits sans fond. C'était un jeu auquel on aurait été folles de ne pas participer. Violette et moi on s'est redressées, comme si on était vraiment là pour ça et que le moment était enfin venu de lui rendre ce service. Il fallait qu'on l'emmène au bord de l'eau, tout au bord, juste pour voir à quel moment elle se rétracterait, et l'étendue de son désir. Elle était capable de marcher dans l'eau sans s'arrêter. Je crois vraiment qu'elle en était capable. Probablement plus que de descendre les quelques marches qui menaient au sable mou.

Sans réfléchir davantage, Violette s'est levée tout à fait, lui a pris le bras, « Viens, maman », et maman s'est remise debout comme elle pouvait, pour la suivre docilement jusqu'à l'escalier en bois qui longeait une série de cabines de plage peintes en blanc. Elles se sont approchées à l'extrême limite de la digue, l'escalier comptait une dizaine de marches qui plongeaient dans le sable clair. Cinquante mètres environ de ce sable peu praticable et puis on pouvait voir la ligne du mouillé, plus foncé, plat et délicieux sous les pieds.

– On y va ?

Maman n'a pas répondu, elle n'a même pas demandé où elles étaient censées aller. Elles sont restées debout face à l'escalier pendant un bon moment, maman semblait l'évaluer, elle regardait ses pieds puis les marches et puis encore ses pieds, puis elle a levé les yeux vers la mer au loin qui étincelait sous le soleil. Seigneur. Elle a lâché la rampe à laquelle elle s'était agrippée d'entrée de jeu.

– Je ne peux pas descendre toutes ces marches, c’est trop.

Mortifiée mais royale, elle a tourné le dos à la plage, est allée se rasseoir sur le banc et n’a plus dit un mot, n’a plus regardé la mer, comme si elle se trouvait désormais dans une chambre fermée. Ses yeux ne se portant plus que sur ce qui défilait dans un rayon immédiat : les jambes et les chaussures des promeneurs, les roues des poussettes, les patins, les roues des fauteuils de handicapés, les pattes des chiens, les ballons qui se perdaient.

Je me réjouis. Je vais changer les draps :-) Je t'aime.

Mais de quoi parlait-il ? J'ai envoyé mon portable au fond de mon sac, tandis que le serveur se penchait sur notre table avec une assiette ovale au bout du bras.

– La sole meunière, c'est pour madame ?

Violette a acquiescé et le serveur a déposé devant maman la sole entière que maman a regardée d'un air interdit alors qu'elle avait répété trois fois au moins qu'elle tenait à la découper seule. Un citron coupé en morceaux épais était posé sans art sur le bord de l'assiette également garnie de lamelles de courgettes enserrant des petits fagots de haricots verts, et d'autres petits fagots d'asperges en boîte noyées dans le beurre fondu.

La salle de restaurant était conforme à l'hôtel, tape-à-l'œil et confortable, et les quelques tables occupées l'étaient par des clients presque tous gros, auxquels maman n'avait pas jeté un regard. Une chance.

Le serveur a déposé devant Violette et moi nos dos de cabillaud, qui semblaient bons et frais, maman avait déjà attaqué sa sole et la découpait comme une pro, avec délicatesse et sûreté. Étonnant comme certains gestes restaient ancrés dans sa mémoire qui partait en lambeaux. Pourquoi ces gestes-là et pas le moindre souvenir de son homme qu'elle avait tant aimé ?

– Merci, monsieur.

Le serveur s'est incliné comme si nous avions été à Versailles.

J'ai tourné la tête vers maman, qui était en train d'enfourner un quart de citron dans sa bouche.

– Maman, c'est un citron, ne le mange pas comme ça.

Elle a continué à mâcher son citron, imperturbable.

– Maman, c'est mauvais, ce n'est pas une pomme de terre, c'est un citron. Tu confonds les deux.

– J'aime beaucoup les citrons.

Elle mâchait toujours, avec peine, avec effort, mais elle ne lâcherait pas le morceau. Mon cœur s'est serré, les larmes me sont montées aux yeux.

– D'accord, maman, mais pas comme ça, avec l'écorce et tout.

Elle a haussé les épaules, a mâché l'écorce dure et amère jusqu'à ce qu'elle l'avale dans un effort qui m'a paru plus violent encore, puis elle a cueilli le deuxième quart du bout de sa fourchette, l'a enfourné comme le premier et s'est mise à le mâcher avec la même résolution farouche. On l'a regardée faire sans plus intervenir, en oubliant notre cabillaud qui refroidissait, impressionnées et muettes. Pas de doute, elle aurait été capable de marcher dans la mer sans s'arrêter.

Cette fois, pas d'hésitation, elle n'avait pas l'air morte, et ne dormait plus du tout. Elle nous a regardées d'un air totalement neutre malgré sa position impossible. Elle était couchée sur le dos, sur le bord de son lit, arquée comme si elle avait été interrompue au milieu d'un saut en hauteur. La tête et les épaules sur le matelas, le reste du corps dans le vide et les pieds nus posés sur le sol. Sa chemise de nuit était trempée et glacée au toucher. Trop tard pour le graal, cette fois. Depuis combien de temps était-elle dans cette position-là ? Il était presque huit heures.

– Maman, pourquoi tu n'as pas appelé ?

– Appelé qui ?

Elle chuchotait comme si elle nous réveillait.

– Violette. Ou moi. On est là tout près.

Je l'ai prise par un bras, Violette dans son pyjama plein de myosotis lui a pris doucement l'autre bras, et on l'a remise debout sans qu'elle émette un son, on aurait dit un tronc d'arbre humide et froid.

On lui a enlevé sa chemise de nuit en la passant au-dessus de sa tête avec mille précautions probablement inutiles : elle n'était plus là du tout, c'était impressionnant. Elle se regardait pourtant dans le miroir tandis qu'on la déshabillait mais j'ai compris au bout d'un moment qu'elle ne voyait rien, il n'y avait personne.

Les jambes de notre mère ressemblaient à des pattes d'éléphant en miniature, rugueuses et grises, sans chevilles ; son pubis était aussi nu qu'un sexe d'enfant, à part deux ou trois poils blancs égarés, et la peau de son dos était si sèche qu'elle avait une texture et une blancheur de farine. Elle n'avait plus de seins, juste deux mamelons fripés. Violette a plongé dans l'eau chaude un épais gant de toilette blanc et doré puis elle a commencé à la savonner doucement. J'ai pris un deuxième gant et je m'y suis mise de mon côté, même si nos efforts conjugués ne suffiraient pas à faire disparaître l'odeur tenace qui émanait d'elle. Maman se laissait faire en silence, en regardant toujours droit devant elle, à travers le miroir et bien au-delà ; la température de la pièce permettait qu'elle se perde autant qu'elle le voulait, ou qu'il était nécessaire.

Le trajet du retour avait des airs de défaite, même si personne n'aurait pu dire au juste en quoi ces trois jours n'avaient pas été un succès. Nous étions vivantes et propres, surtout elle. Le problème était là, et il flottait dans la voiture comme une déception sourde.

La même petite pluie fine s'était remise à tomber tandis qu'on s'éloignait de la mer, c'en était presque drôle. Aucune de nous trois n'a fait l'effort de briser les silences entre les coups d'essuie-glaces, et quand Violette a arrêté sa Yaris sur le parking de la résidence, une heure et demie plus tard, maman n'a pas bougé. Ni la tête ni le corps. Elle est restée toute raide sur son siège passager et il était impossible de dire si elle savait pourquoi. Peut-être nous jugeait-elle coupables de haute trahison. Nous n'avions même pas été fichues de l'amener jusqu'au sable. Ou peut-être n'avait-elle pas la moindre idée de la raison pour laquelle Violette venait de s'arrêter sur ce parking.

– Maman, on y est.

– Bien sûr.

Et sans rien demander de plus elle est sortie de la voiture en s'accrochant d'une main à la portière et de l'autre à mon bras, et cette reddition si rapide m'a glacé le sang. Trop facile. Honte sur nous.

Violette a pris la petite valise vert pâle dans le coffre tandis que j'aidais maman à franchir les quelques pas qui nous séparaient de l'entrée de la résidence, dont les odeurs multiples et trop connues arrivaient déjà jusqu'à nous.

Sa chambre était au rez-de-chaussée, au bout du couloir, elle y est entrée sans faire le moindre commentaire, elle est passée devant la belle photo de son homme accrochée sur le mur gauche, elle ne l'a pas regardée, elle ne la regardait plus depuis des mois. Jamais vu ce type. C'est étrange, les choses qu'on oublie et les choses qu'on se rappelle. Papa était assis sous un bouleau dont les feuilles légères et minuscules indiquaient un début de printemps. Il était photographié de profil, grand nez majestueux, barbe blanche soigneusement taillée, lèvres fines et sourire doux dans la lumière argentée, sourire adressé à qui, à quoi, qu'avait-il dans son proche champ de vision ? Violette ? Moi ?

À la vitesse de l'éclair, Violette a vidé la petite valise, a fourré les affaires de maman en vrac sur les planches de l'armoire encastrée, les vêtements sales dans la corbeille en plastique de la salle de bains, si vite que maman n'a même pas eu le temps de prendre conscience de la présence du pantin gesticulant à la fenêtre.

Et comme des voleuses, comme des mauvaises filles juste occupées de nous-mêmes, on lui a demandé si elle avait besoin d'autre chose sans attendre sa réponse ; elle n'a pas pu enregistrer ce qu'on lui disait, déjà on l'embrassait sur sa joue douce et molle, et on est parties en la laissant là, médusée, mais quand même à l'aise dans ses meubles, on ne l'abandonnait pas vraiment, elle connaissait chacun des gestes qu'elle avait à faire jusqu'au moment de s'allonger. On ne l'abandonnait pas vraiment.

Sur le parking, on s'est prises dans les bras comme des rescapées d'un tremblement de terre. Violette a dit d'un ton à ce point apathique qu'il en était comique :

– Allez, il nous reste vingt ans de bon.

Et ça semblait aussi court qu'une semaine.

Cette fois il m'a fait entrer dans la maison sans attendre, il m'a pris la main et m'a entraînée dans le couloir sombre aux odeurs de moisi auxquelles je m'habituais déjà – on s'adapte vite. Et sans aller plus loin que le couloir il m'a serrée contre lui très fort avec une joie si manifeste que je me suis demandé s'il était bien averti qu'il ne s'agissait que de moi. Mais oui. Il ne semblait pas en douter.

– C'est bien que tu sois là. C'est bien.

Il m'a emmenée dans la grande pièce, m'a embrassée avec ferveur et impatience, puis a lissé mes cheveux bouclés vers l'arrière de ma tête pendant une minute entière au moins, en regardant mon front dégagé et le reste de mon visage par-dessus ses lunettes, il avait l'air parfaitement heureux. Et nettement plus frais que quatre jours plus tôt.

– Tu es toute belle.

J'ai ri, sa gentillesse m'allait droit au cœur. Ses mains étaient chaudes et je me sentais toute belle, c'est vrai, émue et amusée par son sourire immense et ravi, ses yeux plissés pour mieux me regarder, et qui brillaient sous les paupières. Il avait les cheveux hérissés dans toutes les directions, pas un poil blanc dans la masse noire, et une tête éperdument sympathique. Le lit se trouvait à un mètre à peine, toujours au milieu d'un bazar qui paraissait pourtant avoir été légèrement ordonné depuis ma précédente visite, il y avait maintenant quelques piles de choses rassemblées. Le lit n'avait plus le même aspect non plus que la première fois où je l'avais vu, mais les draps propres semblaient avoir vécu et avoir été fabriqués dans une matière qui déjà me donnait envie de me gratter – du pilou ? J'ai frissonné, à cause des draps ou de lui qui me caressait à nouveau les seins par-dessus le tissu de ma blouse en fausse soie.

– Tu veux boire quelque chose ? J'ai du vin rouge… du bio, je crois.

Il a ri comme si consommer bio était drolatique ou honteux, et a continué à me caresser à travers mes vêtements en attendant tranquillement que je réponde.

Je ne savais pas si j'avais envie de boire quelque chose mais ce lit posé là avec une telle clarté m'effrayait.

– D'accord.

Il est parti vers la cuisine attenante au jardin, j'ignore pourquoi je n'ai pas osé le suivre, et pendant les quelques secondes de sa disparition j'ai eu le temps de penser à ma petite mère toute nue. Je prenais le même chemin qu'elle même si la marge était large, j'y viendrais tôt ou tard, et j'avais hérité de ses jambes, je savais ce qui m'attendait.

Il est revenu avec la bouteille déjà entamée et deux verres qu'il a remplis aux trois quarts comme si c'était de l'eau. Il ne doutait de rien.

Au dernier moment j'ai calé. J'avais adoré qu'on s'embrasse, on venait d'y passer au moins une heure, exclusivement centrée là-dessus ; j'adorais ses lèvres souples et sa langue chaude, et la bouteille était vide depuis longtemps – quand donc l'avait-on bue ? –, mais quand il s'est agi de se coucher sur le lit j'ai calé. Pas moyen. Coincée. Impossible de me déshabiller ou de me laisser faire par lui. Et d'ailleurs le voulais-je ?

– Je ne peux pas.

Assis à côté de moi sur les draps propres, il a demandé, en caressant mon ventre qui faisait des plis sous ma blouse :

– Tu ne peux pas quoi ?

– Me mettre toute nue. Je ne peux pas. J'ai peur.

J'avais le cœur serré. On n'avait pas vieilli ensemble, je n'avais pas envie qu'il me voie, même dans la pénombre de la pièce qui n'était à présent plus éclairée que par un morceau de lune et une lampe de chevet empoussiérée.

Il a continué à me caresser le ventre, pas pressé du tout. J'étais bien partie pour lui empoisonner la vie dans les heures qui suivraient. J'aurais tellement voulu qu'il en soit autrement. Mais sa délicatesse m'encombrait, j'avais l'impression d'étouffer. Mauvais timing. Je n'en avais pas mesuré la portée, ni le déchirement qui irait avec. Alors, comme pour lui concéder tout de même un petit quelque chose, j'ai enlevé mes boucles d'oreilles, peut-être les seuls éléments vraiment incommodes si je devais passer la nuit tout habillée. Il a tendu la main, j'ai déposé dans sa paume les deux anneaux larges et fins en argent martelé, qui venaient je ne sais d'où, et il les a regardés avec intérêt et un léger sourire.

– Mon butin du jour.

Les boucles avaient l'air de lui plaire. Il a soigneusement étalé un kleenex propre sur la caisse à vin qui lui servait de table de nuit, puis il a posé les boucles d'oreilles dessus, avec précaution, un trésor à chérir. Un îlot blanc et vierge au milieu du foutoir.

Et puis il s'est couché aussi, avec son pantalon, sa chemise et peut-être même ses chaussettes.

On ne disait pas un mot. On était arrimés l'un à l'autre comme si on risquait de tomber dans un trou, engoncés dans nos vêtements, les jambes emmêlées, les bouches pressées l'une contre l'autre, nos mains pleines de curiosité caressant un maximum de la surface de l'autre, et gênées par ces matières rigides ou souples qui faisaient obstacle à une exploration plus profonde. Je sentais sa queue dure sous son jean et je me faisais l'effet d'un ourson se frottant contre un arbre. C'était ridicule. On n'allait pas passer la nuit comme ça, on n'avait plus quatorze ans. Mes doigts, dont j'avais presque oublié la dextérité, ont ouvert les boutons de sa chemise un à un pour avoir accès à toute la peau qui se trouvait sous le tissu. Il s'est redressé, s'est assis sur le lit, et tandis que je découvrais son torse entier pour la première fois, massif, brun et poilu, il a ôté ma blouse avec presque les mêmes précautions que celles que nous avions mises pour déshabiller maman. Pendant qu'il essayait de dégrafer mon soutien-gorge, j'ai dit, avec une soudaine pleutrerie :

– Mes seins sont tout abîmés.

Était-ce plus facile pour les hommes ? Je l'espérais pour eux. Il a laissé tomber le soutien-gorge et la blouse sur le sol, il a regardé mes seins avec attention, avec une concentration presque gênante, et un plaisir qui se lisait sur tout son visage.

– Ils sont très beaux, tes nichons.

Il a caressé celui de gauche, s'est arrêté un long moment sur le mamelon légèrement atrophié mais, il fallait bien l'admettre, d'une douceur affolante, puis celui de droite dans le même mouvement, c'était évidemment délicieux.

– Ouh là…

Il a souri et, sans plus me demander mon avis sur rien, il a défait la ceinture de mon jean avec une facilité qui m'a impressionnée, puis il a fait glisser mon pantalon sur mes hanches et j'ai décidé d'arrêter de penser.

C'était comme du papier. D'une finesse presque transparente, du papier qui brûlait. J'ai poussé un léger cri et il s'est redressé sur ses bras. Il devait être écrit quelque part que rien ne serait simple ce soir-là.

– Je te fais mal ?

– Oui.

J'étais aussi désemparée que si j'avais fait l'amour pour la toute première fois. Jamais pénétrée avant ça. Il s'est écarté de moi, a vacillé un moment comme un arbre qu'on vient de scier, puis il s'est couché contre moi en m'enveloppant de son bras gauche et il m'a caressé le dos.

– Je suis désolée.

Silence. Puis il a dit :

– Il y a de quoi, oui. Tu as raison de l'être. Je plaisante…

Son rire était presque muet, c'était plutôt une sorte de hoquet qui agitait tout son corps, tout le lit. Il m'a serrée contre lui en continuant de me caresser le haut du dos.

– Je t'aime fort.

J'ai chuchoté comme si son chat avait été caché sous le lit :

– Tu ne m'as vue que deux fois.

– Pas grave. J'en sais bien assez.

« Je t'aime fort. » Qu'est-ce que ça pouvait bien vouloir dire ? Enfantin ou prématuré ? Je n'aurais jamais osé lancer une phrase pareille même si j'en avais déjà envie, même si ça m'échappait presque. La seule chose dont j'étais sûre, moi, c'était que son corps m'excitait. Sa queue était très belle, plus foncée que ses cuisses, presque brun violacé. Je l'ai prise dans la main pour la caresser, elle était raide, dure, douce. J'aimais bien sentir sa peau, j'aimais beaucoup être dans ses bras. Il s'est installé un peu plus commodément encore et il a insinué ses doigts entre mes jambes. On s'est mis à se caresser tranquillement comme si on avait encore toute la vie devant nous. Toujours le même petit mouvement, le même rythme gentil, la même tendresse sans impatience. Et dans la multitude de pensées qui traversaient mon esprit je suis tombée sur l'image de maman caressant sans relâche son drap à la mer, alors que ça n'avait strictement rien à voir. Ce n'était pas la même litanie.

Tout revenait. Intact. Avec une facilité désarmante, comme si nous n'avions plus peur de rien. On avait retrouvé toutes les voies d'accès. Il était curieux et gourmand de chaque centimètre carré de ma peau, il avait dû beaucoup aimer les femmes qu'il avait rencontrées. Sa langue et ses mains se promenaient avec agilité et jubilation sur tout mon corps, qui n'avait rien connu de pareil depuis... bref, j'avais complètement perdu de vue qu'une heure plus tôt j'étais déterminée à passer la nuit habillée de pied en cap, si on oubliait les boucles d'oreilles. Et quand cette fois sa queue a glissé en moi avec une douceur renversante, j'en ai été si retournée que j'ai failli lui dire que moi aussi je l'aimais et que je l'aimerais jusqu'à la fin de ma vie.

Nous étions maintenant couchés côte à côte, humides de partout, dans les draps trop chauds pour la saison mais pas si râpeux que ça, ils étaient même agréables au toucher. Nous étions le 16 juin. Il a caressé mon bras dans toute sa longueur et il a dit tout bas comme s'il continuait à ne pas vouloir déranger le chat :

– J'aimerais bien partir en vacances quelques jours avec toi.

Je me suis raidie, j'ai laissé venir la suite. Il a demandé :

– Tu as des vacances ? Je ne sais même pas où tu travailles.

– Je dirige le service éducatif du musée des Beaux-Arts.

Sans lui laisser le temps de commenter, j'ai ajouté, sur un ton sans appel, comme une voix enregistrée :

– Le service est fermé entre le 1er et le 15 juillet, je pars à Budapest le 1er.

Il caressait toujours mon bras, de haut en bas. Pas de réaction particulière.

– C'est joli, Budapest. Qu'est-ce que tu vas y faire ?

La perspective de ce que j'allais y faire m'est apparue si absurde que j'ai lâché, avec une rare finesse et un manque d'à-propos absolu, sans même marquer une pause qui n'aurait pourtant pas été de trop :

– Tu vas rire… Je vais y retrouver l'homme de ma vie.

J'ai juste senti la caresse faire une petite halte.

– C'est en effet assez drôle.

Et il a vraiment émis un petit rire. Complaisant ? Ironique ? Amusé ?

– Des retrouvailles Facebook ?

– Non. Je ne suis pas sur Facebook.

– Moi non plus.

Il n'avait toujours pas interrompu cette caresse sur mon bras, mais il fallait bien l'admettre, quelque chose avait changé. Il était sorti du terrain de jeu.

Mais comment lui dire ? Par où commencer ? J'avais tellement aimé Dan. Comme une gamine que j'étais.

– J'avais dix-huit ans quand je l'ai rencontré... J'étais à l'université dans l'Indiana. À South Bend. Ça fait quasi quarante ans.

Je semblais invoquer la prescription, c'était ridicule, il n'était justement pas question de ça. Ses doigts avaient maintenant quitté mon bras, j'avais envie qu'il recommence à me caresser n'importe où, mais la faute à qui ? Il s'était recouché sur le dos et il avait seulement sa main posée sur un morceau de ma cuisse, une main immobile comme un caillou.

On n'a rien dit pendant quelques instants, peut-être même quelques minutes, et puis, d'une voix neutre, il a demandé :

– Vous ne vous êtes pas revus depuis lors ?

Oh si, je l'avais revu. Six fois ? Sept fois ? Plus ? Et puis, la dernière fois, j'avais eu droit à la famille tout entière. Dan et Johanna, leurs deux gosses, plus moyen de retrouver leurs noms. Les deux premiers jours avaient été à peine supportables, avec Johanna qui faisait semblant d'avoir choisi d'être là mais de laquelle sourdait une sorte de sifflement continu. Ça me faisait presque plaisir qu'elle m'aime si peu, c'était le signe que Dan m'aimait encore trop.

Dan qui tournait autour de moi en cercles d'abord larges puis de plus en plus étroits. C'était seulement le dernier jour qu'il était venu me rejoindre dans la cuisine, m'avait attrapée par l'épaule d'un mouvement maladroit qui avait failli faire chuter la poêle dans laquelle je faisais cuire de fines tranches d'aubergines pour nous tous, et m'avait dit, un peu brusque, un peu suppliant aussi :

– *Let's go have a coffee somewhere. Just the two of us.*

Ce n'était pas un café qu'on aurait dû prendre ensemble mais une chambre d'hôtel pour la semaine.

– La dernière fois, c'était il y a huit ans. Il est venu passer quelques jours chez moi. Enfin, chez nous, chez Patrick et moi. Chez mon ex-mari.

Je m'y perdais moi-même, ce n'était pourtant pas très compliqué.

– Ils faisaient un tour d'Europe en famille. Dan est américain.

J'avais baissé le feu sous les aubergines et demandé ce qu'on allait faire de Patrick et Johanna. Il m'avait répondu que ça n'avait pas la moindre importance et j'avais tout à fait éteint le gaz sous la poêle. On était sortis de la cuisine, passés par la salle à manger, par le salon où Johanna et les enfants – Marguerite s'était collée sur les genoux de la gamine – étaient occupés à regarder un film. *Titanic* ? J'avais aperçu en vitesse le profil de Kate Winslet à l'avant d'un bateau dans le vent marin, il n'y avait pas trente-six possibilités. On n'a rien dit, rien demandé, rien expliqué, on est sortis du salon, et Johanna n'a pas pu ne pas entendre la porte de rue qu'il fallait claquer avec une telle force pour parvenir à la fermer que le voisinage tout entier pouvait comprendre que quelqu'un venait de quitter cette maison.

Nils restait d'une immobilité impressionnante, on aurait pu croire qu'il avait carrément arrêté de respirer. Je ne savais pas comment rattraper la sauce, je crevais d'envie de venir me coller contre lui et d'effacer les trente dernières minutes, l'existence de Dan semblait depuis quelques heures parfaitement accessoire. J'ai chuchoté :

– On dirait que ce voyage à Budapest a perdu tout son sens.

Ce n'était pas vrai, peut-être au contraire n'en avait-il jamais autant eu. J'ai caressé sa main immobile avec timidité, il a fini par se tourner vers moi et il avait l'air normal, pas spécialement tendu. Possible que j'aie rêvé, comment aurais-je pu deviner ce qui lui traversait l'esprit, après tout ? Je ne le connaissais pas.

– Je n'ai pas l'intention de rivaliser avec tout ça, tu sais…

Il a posé un petit baiser sur mon oreille et j'ai eu l'impression que le « tout ça » l'amusait.

– Un historique pareil, des souvenirs de quarante ans, tu parles ! Nous, on s'est seulement vus deux fois, si je ne me trompe…

Son rire m'a fait rire. Il m'a reprise dans ses bras et a posé sa cuisse large sur mon ventre, comme si la parenthèse s'était naturellement refermée sans dommage. Mais il avait raison bien sûr. C'était une chose de lâcher Dan pour toujours, ça pouvait même se faire sans aucun mal ; c'en était une autre d'abandonner l'idée sans fondement et pourtant bien tenace que ma vie avait depuis quarante ans plus de goût grâce à lui. Même s'il n'était pas vraiment là. Ou parce qu'il n'était pas vraiment là ?

– Et je t'aime toujours, si ça peut te compliquer l'existence…

Il a ri de bon cœur. J'avais un peu de mal à saisir ce qui le mettait à ce point en joie.

La tête levée, Violette surveillait le travail d'un type debout sur le radiateur, qui semblait collé contre la fenêtre comme un moustique imprudent.

Maman aussi le regardait, assise dans le grand fauteuil à bascule en skaï beige, dans la main son mouchoir, avec lequel elle oubliait de se frotter l'œil tant elle était prise par cet homme debout sur son radiateur. Elle ne m'a d'ailleurs pas vue entrer.

– Voilà, cette fois ça devrait tenir.

Le type est revenu sur la terre ferme sous l'œil circonspect de ma sœur qui ne semblait pas plus convaincue que ça. Elle a ouvert la fenêtre, l'a refermée, l'a encore rouverte. Ça paraissait tenir.

– Merci.

Il est sorti de la chambre en glissant maintenant comme un serpent qui se serait trompé de biotope et maman l'a regardé sortir en serrant les dents, lèvres légèrement retroussées, déjà prête à mordre s'il lui venait l'idée de revenir.

– Cet homme vient toutes les nuits chez moi.

– Mais non, maman, c'est le type de la maintenance du bâtiment, il n'habite pas ici.

Maman a haussé les épaules, elle avait l'air épuisée.

– Je sais ce que je dis, Violette… il vient ici toutes les nuits et il me prend tout ce que j'ai.

Au téléphone, Violette m'avait prévenue, c'était la débandade. Maman depuis trois jours ne mangeait plus, elle avait décidé qu'elle ne voulait plus marcher. Et en effet elle semblait avoir décidé d'assurer le service minimum, elle n'avait pas bougé d'un iota, si on ne tenait pas compte du mouchoir, depuis que j'étais là.

Pendant quelques minutes, elle a paru oublier qu'on était dans la chambre puis, contre toute attente, elle a dit, en posant les deux mains sur les accoudoirs du fauteuil :

– Je voudrais aller aux toilettes.

– On t'a mis une protection, maman, tu n'es pas obligée de te lever. Tu peux te laisser aller. Tu peux vraiment te laisser aller.

Vous voulez rire. Comme si elle allait obtempérer sans faire d'histoires. Abandonner sa lutte finale. Elle a répété, butée :

– Je voudrais aller aux toilettes.

On s'est levées comme un seul homme, on lui a pris chacune un bras, mais impossible de la soulever malgré sa légèreté habituelle, elle paraissait vouloir s'enfoncer dans le sol.

– Ce n'est pas possible, maman, on ne peut pas te soulever, tu n'as pas assez de force pour marcher jusqu'aux toilettes… on n'y arrivera pas.

Sans nous écouter, elle a tenté à nouveau de pousser sur ses bras pour avoir un appui et elle a failli basculer en avant. J'ai réussi à la retenir *in extremis*, à la rasseoir dans le fond du fauteuil, et j'ai vu dans son œil qu'elle commençait à paniquer. Fameuse impasse. Elle a encore fait le geste de vouloir se redresser mais le geste s'est transformé en fantôme de geste ; à la place, elle s'est mise à agiter les jambes, à les cogner l'une contre l'autre à la manière d'une petite fille affolée par une impérieuse nécessité.

Elle allait forcément perdre la partie et sans doute n'avait-elle pas la moindre envie d'avoir un témoin quel qu'il soit.

– On reviendra demain, maman.

Elle n'a pas répondu. Autre chose à faire. Lutte sans merci. Concentration maximale.

Nils n'était pas encore rentré. J'ai réussi du premier coup à introduire la clé dans la serrure, un coup de maître. On couchait ensemble depuis une semaine et il m'avait donné sa clé après trois jours comme si j'allais venir vivre avec lui. L'odeur dans le couloir était tenace, une véritable entrée en matière. Je l'ai traversé timidement, il n'y avait que Chicon pourtant pour me surprendre. Et encore, il ne risquait pas de me faire grand mal. Il n'était d'ailleurs pas là. Invisible, ce chat, la plupart du temps.

La grande pièce semblait plus grande encore sans humains pour l'habiter, elle ressemblait à un chantier, à une chambre d'adolescent. Mais ici tout avait l'air mort. Sans intérêt pour qui que ce soit. Une foule de choses simplement laissées là. Abandonnées là. Il y avait juste ce mouchoir blanc à côté du lit, sur lequel six paires de boucles d'oreilles étaient maintenant soigneusement posées, l'une à côté de l'autre, comme dans un magasin. J'avais croisé Charlotte, ma voisine, deux jours plus tôt devant les boîtes aux lettres, pourquoi avais-je eu ce besoin presque enfantin de lui dire que j'avais revu Nils après le concert d'Arno ? Elle avait pris un air réjoui et compassé pour me dire dans un même élan que sa femme et sa fille étaient parties un jour sans crier gare, six ans auparavant, et que j'arrivais à point nommé, mais comment le savait-elle, que j'arrivais à point nommé ? Disparues d'un jour à l'autre, hop ! sans raison apparente ou du moins énoncée.

J'ai jeté mon sac sur le lit. Sympathique, ce lit, reconnaissable, apprivoisable, je m'y trouvais bien la nuit. Et puis j'ai regardé alentour sans savoir quoi faire. Me coucher pour retrouver l'odeur de Nils dans les draps, c'était la seule chose qui m'intéressait vraiment. Depuis sept jours je brûlais, j'adorais ce type, je ne pensais qu'à lui du matin au soir dans mon petit bureau du musée, j'avais lâché toute résistance, je ne voyais pas comment j'allais sortir de là. Le premier matin, quand je m'étais réveillée la bouche pâteuse du vin bu la veille, il m'avait cherchée dans le lit et m'avait trouvée sans mal, bien que j'aie passé la moitié de la nuit tout au bord. « Où crois-tu que tu vas comme ça ? » Il m'avait ramenée contre lui encore à moitié endormi, sa queue déjà raide, et je m'étais rendu compte que je souriais béatement sans qu'il le voie. « Tu m'aimes toujours ? » Il avait répondu, les yeux fermés, à voix basse, tranquillement, comme s'il attendait la question : « Je t'aime toujours. » Et chaque matin depuis maintenant sept jours je lui posais la question, amusée et curieuse, un rite aussi indispensable qu'inoffensif : « Tu m'aimes toujours ? »

« Je t'aime toujours. » Il y avait dans sa réponse un tel niveau de contentement et de certitude malgré le calme affiché que je me levais avec la conviction que ma journée allait être formidable.

Le lit était trop mou et l'odeur de Nils s'était évaporée. J'étais cernée par un océan de livres et de papiers épars, des factures, des carnets, des cartes de visite, des notes de restaurant, des dessins d'enfant ; il y avait même au bord de ce lit des travaux de pâte à modeler sur du carton ondulé, vieux d'au moins dix ans. Nils était venu une fois chez moi, il avait eu l'air d'un type en visite, poli et patient, dans mon intérieur trop féminin plein de coquillages et de cadres en argent. Je n'étais pas pressée de l'y amener une seconde fois.

Les plantes en pot n'étaient plus identifiables, elles avaient trop vécu. Il ne restait d'elles que des lambeaux de feuilles d'un brun pâle qui tombaient mollement sur le sol. Je savais que je ne tiendrais pas un mois si tout demeurait comme ça. Le plus pénible, c'était la salle de bains, une étroite pièce lambrissée dont le plafond tacheté d'humidité lâchait par moments des plâtras, et où il devait faire glacial en hiver, en plus de tout le reste.

Accroupie dans la cuisine, j'étais en train de chercher le Cif ou un produit approchant, j'avais déjà trouvé une sorte d'éponge quand mon portable s'est manifesté. *Je ne serai pas là avant 19 heures, tu veux me rejoindre ? Il y a ici des petites terrasses accueillantes, si tu as le courage de prendre le vélo on pourra revenir ensemble :-) Je me réjouis de te voir, je t'aime.*

Il était dix-sept heures, ça me laissait le temps de nettoyer la baignoire et peut-être même le lavabo.

La nuit était presque chaude, j'avais les yeux sur le dos de Nils qui pédalait devant moi le long de la chaussée déserte. Mon vélo à moi était-il celui de sa femme ou de sa fille ? Je n'avais pas creusé la question, la première fois que je l'avais utilisé il avait suffi de gonfler les pneus et ça avait glissé tout seul, c'était fantastique. Des années que je n'avais plus pédalé. Nils m'avait emmenée sur les bords du canal le premier matin, dans les hautes herbes mouillées par les pluies de la nuit précédente, à travers lesquelles nos vélos se faufilaient comme des couleuvres. Ce dimanche matin-là, c'était lui qui roulait derrière moi, et quand on était arrivés au bout du chemin qui se terminait, Dieu sait pourquoi, par une dalle de béton verticale qui nous avait contraints à faire demi-tour, Nils avait l'air tout heureux : « J'aime bien te regarder quand tu roules, tu as un joli dos, on dirait une gamine, avec tes cheveux qui volent. »

Lui aussi avait un dos chouette à suivre. Large et déjà familier. On n'était plus revenus sur la question de Budapest, comme si elle était réglée une fois pour toutes, mais dans quel sens ? Mon envie d'y aller s'était réduite depuis quelques jours à l'épaisseur d'un petit pois, à une tête d'épingle, un mois plus tôt c'était une montgolfière.

On était restés sur la terrasse jusqu'à la nuit tombante, elle avait baigné pendant un long moment dans un soleil orange qui avait décliné doucement. Il régnait tout autour de nous une effervescence particulière, les étudiants sortaient encore à cette heure de l'Institut Diderot qui se trouvait juste à côté, c'était la semaine des jurys, la présentation de leurs travaux. Nils m'avait montré en vitesse quelques pièces que ses élèves avaient fabriquées pendant l'année, j'aurais volontiers emporté un petit bureau marqueté, avec des jolis pieds tournés. Certains étudiants saluaient Nils au passage, des collègues aussi passaient devant nous, s'arrêtaient pour lui dire quelques mots. Tout ce mouvement tourbillonnait, ne nous dérangeait pas, c'était juste comme une lumière trop forte qu'on aurait voulu baisser un peu mais c'était sans réelle importance, on était occupés par nous-mêmes, le reste était parfaitement inutile.

On avait déjà vidé une bouteille de vin rouge, Nils en avait bu la majeure partie et s'apprêtait à en commander une seconde, il avait levé le bras dans la direction de la serveuse tout en continuant de me regarder, il avait les joues rouges et les yeux pétillants, les cheveux en désordre. On était totalement absorbés l'un par l'autre, on vibrait de la tête aux pieds.

Quand on est repartis sur nos vélos, la température était encore douce malgré la nuit tombée depuis longtemps. Il a emprunté le boulevard de l'Empereur, je l'ai suivi comme un caneton qui sait ce qu'il a à perdre, les yeux fixés sur son dos. Le dos s'est arrêté au premier feu rouge malgré l'absence de circulation, il a attendu que j'arrive à sa hauteur.

– Ça va ?

– Ça va très bien, oui.

J'ai souri, ça tanguait quand même un peu, même à l'arrêt.

Il n'a pas allumé dans le couloir ni dans la grande pièce, et bien que je lui tienne la main j'ai buté sur quelque chose et failli m'étaler.

– Ouh là !

Je me suis rattrapée au mur et Nils a allumé le plafonnier pour y voir un peu clair dans le brouillard qui régnait sur le sol. Il a ramassé le plateau contre lequel j'avais trébuché, rempli de racines de poireaux poussiéreuses et grises et couvertes d'un léger tapis de poils de chat.

– Elles ne doivent plus être très utilisables…

Il a ri.

– Tu crois ?

J'avais la tête qui tournait et je me suis entendue dire :

– C'est pour quoi faire ?

Il m'a lâchée, il est allé chercher en haut d'une petite armoire une tête de mannequin en polystyrène expansé dont les yeux et la bouche étaient peints par un pinceau peu adroit. Il a pris des racines de poireau dans chaque main, les a plaquées contre la tête blanche.

– C'était l'idée… Des cheveux, une perruque. Les gosses aiment bien ce genre de trucs.

Il a haussé les épaules en lâchant son demi-sourire si particulier et a reposé sur le plateau les racines avec leurs radicelles décoratives et pleines de potentiel. C'était imparable, je ne pouvais plus les jeter dans la poubelle avec la même allégresse et je les ai regardées autrement, presque avec respect.

On avait laissé la porte de la terrasse grande ouverte. Du lit on pouvait voir le ciel. Il me tenait serrée contre lui comme pour éviter que je m'envole, mais je n'en avais pas la moindre intention. On entendait le voisin du dessus aller et venir, on entendait aussi le grondement diffus des voitures roulant sur le boulevard au-delà des jardins ; peut-être le meilleur moment de la journée, celui de la lente descente vers le sommeil, avec Nils collé dans mon dos, collé tout contre ma peau tiède, et qui m'embrassait doucement le cou tout en me tenant enfermée dans son bras gauche. Un camion de pompiers a tout à coup émis son hurlement strident, suivi d'un autre, suivi ensuite d'une ambulance, d'une deuxième, et puis une voiture de flics est passée toutes sirènes dehors, ça mugissait de tous côtés. Je l'ai senti frissonner.

– Que se passe-t-il sur cette terre ?

Il m'a serrée un peu plus fort contre lui. A encore chuchoté dans mon oreille qu'il embrassait au passage :

– Tu pars quand ?

– Lundi après-midi. Normalement.

Il n'a plus rien dit, on a continué à écouter les bruits du dehors en silence.

Annabelle était déjà assise derrière son grand Mac, avec son visage pointu encadré par des cheveux si lisses que j'avais tout le temps envie de glisser ma main dedans pour voir l'effet que ça faisait. Elle a levé les yeux sans bouger de sa place.

– Bonjour, Léonor.

Elle ne m'embrassait pas, ne me serrait pas la main, on n'avait pas encore réussi à trouver la manière. Et j'avais parfois pitié d'elle quand je la voyais tourner ses phrases pour éviter de me tutoyer. J'étais responsable du service éducatif du musée depuis presque vingt ans et Annabelle était la première assistante qui me faisait me sentir vieille.

– Bonjour, Annabelle.

Ni une ni deux, elle a replongé derrière son écran.

Il y avait dans mes mails une notification d'Airbnb : il me restait trois jours pour faire mes valises ; ces gens me tapaient sur le système.

– Ça tient toujours, le voyage à Budapest ?

J'ai relevé la tête, étonnée.

– Oui, ça tient toujours. Pourquoi ?

– Il faut aller aux thermes, c'est magnifique. J'ai oublié d'en parler, des thermes, la dernière fois.

Ah oui, les thermes. Ça manquait. Les thermes, je les avais oubliés, ceux-là.

– Les gens vont en maillot là-dedans ?

– Nous on était en maillot. Mais c'est possible que les gens aient l'autorisation de ne pas en porter, je ne m'en souviens pas.

Les thermes. Seigneur. Pour la centième fois au moins depuis que je l'avais choisi j'ai cliqué sur le lien de l'appartement Airbnb. Lumineux, parquets blonds, bibliothèques chargées de livres – sans doute la plupart en hongrois –, meubles un peu disparates mais le propriétaire avait eu le bon goût d'éviter les fauteuils IKEA. La cuisine semblait parfaitement équipée, il y avait même un ou deux gadgets comme un vieux grille-pain Dualit sur le plan de travail, histoire de montrer qu'on ne se moquait pas du monde. Il y avait aussi un petit balcon qui donnait sur la rue, garni d'un banc jaune à fines lattes en bois. C'était ce petit banc jaune qui avait fait toute la différence, je m'y étais transportée mille fois en pensée. Et puis il y avait dans le salon un divan-lit, en plus du lit double de la chambre, j'avais joué la carte de la prudence.

We really enjoyed our stay at Zoli's apartment. It was comfortable, spacious, and light. It felt very home-like and we could just live there.

First time in Zoli place. Great and valuable solution for our purpose. We'll definitely come back!!!!!

Ils avaient tous l'air à ce point satisfaits qu'il n'y avait pas de raison que je ne le sois pas aussi, quel que soit mon *purpose*. Matelas mous ? Matelas durs ? Sommiers grinçants ? J'essayais de me faire une idée par les seules images, d'envisager les différentes possibilités, quand mon portable a sonné. C'était Violette, avec une drôle de voix.

Les examens de maman annonçaient des catastrophes. Poumons, reins, cœur, tout partait en capilotade et le docteur Vandenhaute, très à son affaire, nous en donnait le détail avec une précision presque suspecte tandis qu'une grosse infirmière que je n'aimais pas beaucoup, assise à côté de lui dans le vaste bureau où il nous avait conviées, mangeait une salade de pâtes vertes dans un bol en plastique, en le regardant sans expression, comme s'il débitait une liste de courses.

Quelques semaines d'espérance de vie, c'était tout ce qu'il lui restait, et cette perspective à court terme nous prenait tellement au dépourvu qu'elle nous remplissait de confusion, alors que maman n'attendait que ça ; elle le claironnait en tout cas depuis si longtemps qu'on avait fini par la croire.

Violette et moi sommes reparties vers sa chambre, porteuses de cette nouvelle, bonne et mauvaise, aussi banale qu'impressionnante.

– Je vais annuler mon voyage à Budapest.

– Elle ne va pas mourir la semaine prochaine, n'annule pas. Vas-y pour voir… Pour une fois que je suis là, profites-en.

Elle a souri.

– Un jour ou deux. Ou bien tu reviens plus tôt, ce n'est pas très loin.

Si Violette s'y mettait.

Maman ne nous a pas regardées quand on est entrées, on n'existait pas, elle gardait les yeux obstinément fixés sur le radiateur. On s'est assises toutes les deux sur le lit, juste à côté de son fauteuil, on était dans le même état l'une et l'autre. Enfiévrées. Décontenancées. Inquiètes et sidérées de l'être. Le jeu était fini. On n'avait plus du tout envie de rire et encore moins envie qu'elle meure. Violette s'est mise à lui caresser le poignet. C'était le poignet d'une petite vieille ; c'était le poignet d'une jolie dame en longue jupe rouille et dorée, réjouie d'aller au bras de son homme écouter Rostropovitch au palais des Beaux-Arts, Violette le caressait, tête penchée vers le sol, et moi je ne les quittais pas des yeux ; c'était le poignet d'une vacancière assise sur un rocher, nous beurrant des tartines à l'aide d'un Opinel, avec en arrière-fond le Cervin dans le soleil ; c'était le poignet de maman jouant du violon dans le salon, courbée dangereusement, penchée en avant comme une voyageuse prise dans la tempête. Il y en avait, du monde, dans ce petit poignet fin.

Sa chambre était moche. Petite et malodorante. Et c'était le seul décor qu'on aurait sous la main, elle finirait là, qu'on soit d'accord ou pas. Avec le fauteuil trop volumineux dans lequel elle ne s'asseyait plus puisque désormais elle passait son temps dans une chaise roulante. Le petit bouquet de roses à deux balles que Violette apportait chaque semaine et dont les feuilles à demi mortes au bas des tiges pourrissaient dans l'eau du vase en verre mauve. La nappe brodée au point de croix représentant des couronnes de laurier reliées les unes aux autres comme dans une guirlande royale. Pleine de taches, cette nappe. Garder les choses propres n'était pas une mince affaire, ça exigeait une attention de chaque instant qu'on n'avait pas pris la peine de déployer pour elle. Le lit avec son couvre-lit vert bouteille en coton. Les deux petits meubles en bois vaguement précieux, rapatriés de la grande maison vendue – on avait dû insister pour qu'elle les emporte. La photo de l'homme qu'elle ne reconnaissait plus. Et l'odeur. L'odeur dont il semblait impossible de se débarrasser, et à laquelle je ne voyais pas comment on pouvait s'habituer.

Et de toute cette insignifiance il allait falloir tirer le meilleur parti pour ne pas mourir triste. Sale gageure. Faire oublier le décor, se croire au-dessus de tout ça. On était loin du lit *king size* avec vue sur mer et sable doux.

Violette pour une fois était partie avant moi. J'avais eu envie de rester malgré l'odeur.

– Maman ?

Je n'avais pas vu qu'elle venait de s'assoupir, légèrement penchée sur le côté. J'ai pris sur le petit meuble un *Paris Match* que Violette avait apporté, je l'ai feuilleté pendant quelques minutes. Il était question des passagers d'un crash aérien, et de deux chanteuses dont j'ignorais l'existence. Tout au plus dix-sept ans et l'air d'avoir conquis le monde. Maman semblait paisible, son visage était détendu et un léger sourire émergeait par instants sur ce visage endormi. J'avais envie de rester près d'elle. Je me sentais tranquille et en bonne compagnie. Quoi qu'il advienne, les jours qui s'annonçaient me mettaient dans un état cotonneux.

Elle a soudain ouvert les yeux, a paru me reconnaître et m'a souri, puis elle a tourné la tête vers l'extérieur mais ce n'était pas le pantin qui l'intéressait, elle regardait la couleur du ciel. Il était bleu et clair.

– Tu veux qu'on aille se promener un peu ?

Pas de réponse mais rien n'indiquait qu'elle était contre. Je me suis levée et j'ai poussé son fauteuil hors de la chambre. Lucienne, qui passait ses après-midi dans le couloir, nous a souri de sa grande bouche sans dents, et elle a marmonné avec un fond de gaieté dans la voix :

– Vous allez en promenaaaaade ?

– Oui, il fait beau.

Je lui ai rendu son sourire et elle nous a saluées solennellement quand on est passées devant elle en faisant pfff pfff pfff avec les pneus de la chaise roulante sur le lino.

Au-delà du parking, il y avait une étendue d'herbe plantée de quelques arbres, entourée d'un petit sentier bétonné pour en faciliter l'accès. Nous y étions souvent venues quand elle aimait marcher, mais on n'a même pas réussi à aller jusque-là. Sitôt dehors maman a ramené son bras sur ses yeux.

– Tu veux bien éteindre, s'il te plaît ?

– Je ne peux pas, maman, c'est le soleil.

J'ai tourné la chaise dans la direction opposée pour qu'elle ne soit plus aveuglée.

C'est la veille de mon départ que tout a changé d'aspect, de texture et de couleur. Et maman n'y était pour rien.

J'avais quelques minutes de retard, et quand je suis arrivée sur la place au bout de laquelle se trouvait la terrasse où nous avions rendez-vous, j'ai vu que Nils était déjà là, penché sur le gamin de la table d'à côté. C'est peut-être la raison pour laquelle il ne m'avait pas vue arriver : il a eu l'air surpris quand je me suis soudain trouvée devant lui.

– Oh, Léonor ! Tu viens d'où ?

– De là.

J'ai indiqué du doigt l'autre extrémité de la place. Elle était si ombragée que la nuit semblait y être tombée avant l'heure. Nils n'a pas regardé dans la direction indiquée, il a terminé la construction en coquilles de moules qu'il avait entreprise avec son jeune voisin – il avait dû être un chouette père ; et la mère du gamin m'a gratifiée d'un « Bonsoir » souriant pour que je ne sois pas en reste.

Quelque chose avait changé, un chouïa, un rien, je n'aurais pas pu dire ce que c'était. Nils s'est redressé pour prendre mon visage dans ses mains et l'embrasser comme il faisait chaque fois, alors qu'était-ce ? Quoi dans sa façon d'être ? Une distance. Le fil avait fondu aussi rapidement qu'il était apparu, le lien était rompu, tout ce qui était simple paraissait tout à coup compliqué. À quoi cela tenait-il, bon Dieu, à quoi cela tenait-il ? Je ne savais pas quoi lui dire, comme si je ne l'avais jamais vu avant ce soir-là, il me faisait même un peu peur.

Il m'a souri en se rasseyant, a pris la serviette qui se trouvait devant lui sur la table et l'a posée sur ses genoux. Il m'a regardée avec ce qui m'a paru être – mais qu'en savais-je ? – une petite pointe d'agacement.

– Ça va ?

– Ça va bien, oui.

J'ai hoché la tête, j'ai esquissé à mon tour une espèce de sourire, il n'avait décidément pas l'air dans son état habituel. Où était-il ? Et, peut-être fatiguée par les deux jours précédents, j'ai demandé – oh, c'était idiot de lui demander ça à ce moment mais je n'ai pas réfléchi – d'un ton qui se voulait frivole, inconséquent, et qui s'est révélé à mon grand désarroi plus proche de la supplique :

– Tu m'aimes toujours ?

Son sourire à lui s'est élargi mais il avait quelque chose de narquois, il s'est penché au-dessus de la table pour se rapprocher de moi et il a dit :

– Ne me le demande pas dix fois par jour, s'il te plaît…

Ouh là. Rituel réduit en miettes. Il le ridiculisait si facilement, en le jetant ainsi hors des codes institués, que j'ai sans doute ressemblé à quelqu'un qui aurait reçu un ballon de rugby en pleine tête.

– D'accord. Désolée.

J'ai accusé réception sans en rajouter, j'avais recouvré une forme de maîtrise, après tout j'avais cinquante-sept ans. Un coup d'œil rapide sur les gens de la table d'à côté m'a rassurée sur le fait que le petit garçon avec qui Nils avait construit sa pyramide ne s'intéressait plus à nous, il était occupé à discuter des desserts avec sa mère, enfin, je supposais qu'il s'agissait de sa mère. Ils étaient loin d'en avoir fini. Nils aussi. Il s'est adossé contre sa chaise et il a dit d'une voix amusée, mais en me regardant avec des yeux perçants, presque noirs :

– Dis-moi, Léonor, tu as nettoyé tout le plafond ?

J'ai inspiré un grand coup. Cette conversation promettait d'être ridicule, à moins qu'elle ne soit nécessaire.

– Oui, avec le balai. Je n'ai pas eu besoin d'escabeau.

La veille, on avait à nouveau dormi avec la porte-fenêtre ouverte sur le jardin. Le vent faisait s'agiter de longs filaments de toiles d'araignées juste au-dessus de nos têtes. Je ne les avais pas remarquées jusqu'alors, ces longues langues grises et molles, mais là je n'avais pas pu les quitter des yeux, je les voyais flotter au gré de l'air changeant, je les voyais flotter sans aucune joie, avec la peur qu'elles se détachent et tombent sur nous pendant la nuit. Que l'une d'entre elles glisse dans ma bouche ouverte pendant que je dormais. Ces filaments paresseux d'un gris sale me faisaient me sentir vieille, et j'avais été envahie d'une tristesse sourde et brutale. Il fallait prendre soin de soi, prendre soin de soi et des autres, prendre soin de soi et du décor autour de soi, qui nous encerclait et dont on ne pourrait jamais faire l'économie, sinon la décrépitude allait être plus rapide encore. Nils caressait mon ventre qui ne m'avait jamais paru si plissé, limite chiffonné par endroits, je n'arrivais pas à profiter de sa main chaude. Pas moyen de penser à autre chose qu'à ces longs trucs inconsistants, accrochés au plafond Dieu sait comment, et que j'avais fini par montrer à Nils en espérant je ne sais quoi, qu'il allait se lever et nous en débarrasser ? Je le connaissais déjà assez pour savoir qu'il n'en ferait rien, et bien sûr il n'en avait rien fait. Il les avait observés avec intérêt et même un certain plaisir, en essayant de calculer la vitesse du vent.

La serveuse patientait depuis un moment déjà à côté de notre table avec son petit bloc à la main, les yeux posés sur les arbres de la place. La terrasse était à présent pleine de monde et une colonie de perruches dans l'acacia juste au-dessus de nos têtes ajoutait au bruit ambiant.

– Pardon, j'étais distrait. Des moules pour moi.

Il a hoché la tête en me regardant, je n'avais pas faim du tout.

– Une salade, s'il vous plaît.

– Une salade maison ?

J'ai pris la carte d'un geste machinal, mais je n'arrivais même pas à trouver la liste des salades, alors j'ai levé les yeux vers la serveuse avec un sentiment d'impuissance qui me submergeait.

– Maison, c'est très bien.

Avant de me tourner vers Nils pour poursuivre la conversation.

Mais que se passait-il ?

Sa voix sifflait comme du vent dans des coursives, il était penché sur la table juste au-dessus de sa casserole noire dans laquelle il plongeait régulièrement une coquille vide en guise de pince pour attraper la chair des moules qui baignaient dans le jus, et il sifflait pour ne pas parler trop fort mais le son de sa voix me vrillait les tympans. Boxée contre une palissade devant un terrain vague. Il n'y allait pas avec le dos de la cuiller et pourtant que disait-il ? Il parlait de ménage, de rangement, de ce plafond que j'avais nettoyé, de la salle de bains propre à propos de laquelle il n'avait pas fait le moindre commentaire sur le moment, pas de remarque, pas de merci, pas de reproche, pas un mot. Il ne disait rien de si terrible, à bien y réfléchir, mais il y avait dans sa voix une telle fièvre rageuse que j'étais figée sur place, la main immobile posée sur ma fourchette qui n'avait pas encore servi.

– Tu as une façon de tout regarder quand tu es chez moi, Léonor, on dirait que tu as envie de tout jeter, rien ne trouve grâce, rien.

– C'est important, le décor. J'aime bien quand c'est beau, j'aime bien quand c'est propre, j'aime bien y voir clair.

J'essayais moi aussi de faire passer dans mes yeux des épées, des poignards, des éclairs, mais je ne suis pas sûre que ça marchait vraiment.

– Le décor.

Il persiflait, il avait du mépris dans la voix. Oh, je n'aimais pas cette voix-là, moqueuse et âpre, mais de quoi parlait-on vraiment ? On parlait juste de ménage, de quelques centimètres de poussière qui étaient en train de mettre en danger le plaisir qu'on avait d'être ensemble. Il en avait depuis quelques minutes oublié sa casserole de moules, ma salade était toujours intacte, il me disait maintenant d'arrêter de nettoyer sa maison, d'arrêter de faire les choses derrière son dos, d'arrêter de faire ma bourgeoise. Et tout en l'écoutant je réalisais, imbécile que j'étais, que sa femme et sa fille étaient sans doute encore tout entières contenues dans chaque microfibre de chaque objet qu'il laissait traîner à dessein, de chaque toile d'araignée, je n'en avais pas pris la mesure exacte, je n'avais carrément rien capté, mais comment aurais-je pu ? Je possédais si peu d'éléments. Il avait évoqué Loubna à deux reprises seulement, de manière si rapide que j'en avais juste retenu qu'elle avait à présent dix-huit ans, vivait avec sa mère au Maroc où Nils se rendait chaque hiver pendant quelques semaines pour passer du temps avec elle. Rien de plus. Il n'avait jamais abordé le manque, la tristesse, l'incompréhension, le sentiment de perte, la sensation de vide, tout ce qui allait avec l'absence de sa fille. Je ne m'étais guère étendue sur l'existence de Marguerite non plus, avec laquelle par contre tout était simple et avait pris des chemins naturels. Vingt-quatre ans, partie vivre dans le Jura avec son amoureux pour une durée indéterminée, elle me manquait aussi mais c'était une absence paisible, un manque qui n'avait rien à voir.

On avait presque oublié la bouteille de vin qui était posée entre nous sur la table. Nils s'en est souvenu tout à coup, nous a resservis tous les deux, dans un geste automatique. Le gamin et sa mère étaient partis sans qu'il les remarque, ils nous avaient pourtant regardés dans l'espoir ou l'idée de nous saluer mais j'avais été la seule à percevoir leur présence mouvante tout près de nous, j'avais hoché la tête pour deux et ils n'avaient pas insisté. Ils étaient partis en catimini, en laissant la construction de coquilles en équilibre instable sur la nappe en plastique de leur petite table.

Et Nils poursuivait son offensive, il n'en avait apparemment pas encore assez, il avait dû ruminer toute l'affaire pendant des heures, je mourais d'envie de rentrer chez moi mais je ne parvenais pas à bouger. J'étais ramassée sur ma chaise, je le regardais et je n'arrivais plus à me souvenir des choses simples et rayonnantes des quatorze derniers jours. Il était maintenant lancé sur Budapest, c'était prévisible et pourtant j'étais surprise, sa dureté avait quelque chose de tellement coupant.

– Ton voyage, c'est du vent, Léonor, tu le sais aussi bien que moi. C'est tout à fait débile.

Ce n'était pas du vent, c'était au contraire d'un immobilisme quasi minéral. Mais je ne l'ai pas contredit, ça n'aurait servi à rien. Ce n'était pas du vent, c'était un arrêt prolongé sur les images d'un stupide paradis perdu. Je savais ce qu'il valait à l'époque, ce paradis-là, je pouvais encore en éprouver des sensations très nettes, je voyais encore avec une précision vertigineuse une foule de scènes qui s'étaient déroulées quarante ans plus tôt, nos nuits d'été dans l'herbe sur des aires d'autoroute du Kansas, du Nebraska, du Wyoming, je pouvais encore me souvenir du goût du cheddar accompagné de *peanut butter* que nous mangions tous les deux serrés l'un contre l'autre dans son sac de couchage.

– C'est un truc qui n'existe plus, c'est des conneries de gamine.

Il a vidé son verre d'un trait, sans me regarder. Le ton persifleur avait disparu, la colère aussi semblait s'être estompée, il avait maintenant l'air de ne plus s'intéresser à ce qui pouvait se passer à notre table, et portait son regard sur ce qui l'entourait à la manière d'un type qui s'ennuie. Ce regard s'est posé quelques secondes sur la table d'à côté, peut-être surpris d'y voir deux filles en lieu et place du gamin avec qui il avait joué quelques minutes auparavant, et de sa mère. Mon corps était devenu tout mou, si j'avais dû me lever à cet instant j'en aurais été totalement incapable. Il avait tout à fait raison et il avait tout à fait tort. Ce « truc qui n'existait plus » avait pris dans ma vie et dans ma tête une place dont il n'avait pas idée. Et le soir des sirènes de police, des ambulances et des pompiers, quand le calme était revenu je lui avais dit que si j'y allais, à Budapest, c'était pour nettoyer tout ça une bonne fois pour toutes – décidément, aurait-il pu dire, je ne pensais qu'au ménage, c'était une vraie manie –, en finir avec ce mythe que j'avais entretenu au point de ne plus m'apercevoir que c'en était un, ces fantasmes de gamine avaient suffisamment encombré mon existence. Mais il semblait avoir oublié toute la conversation de cette nuit-là. Et de le voir ainsi feindre l'ennui – ou s'ennuyait-il réellement ? – m'ébranlait tellement que j'ai senti le besoin d'en rajouter une couche :

– Si je n'y vais pas, Dan ne va jamais s'effacer tout à fait, il va rester dans l'air, dans le paysage. C'est comme ça depuis toujours.

Il a relevé la tête vers moi, presque étonné de me découvrir assise en face de lui. S'est penché sur la table, a plissé les yeux comme pour mieux me regarder. Il semblait choisir soigneusement les mots qu'il allait me servir, et si j'avais pu croire une seconde que son attitude était liée à une tension provoquée par un excès de fatigue, il était tout à fait clair à présent que c'était loin d'être le cas : son regard coupant indiquait sans détour qu'il était décidé à tout saccager.

Il y avait dans ma salade des dés de roquefort et des noix, des tomates en quartiers, des morceaux de pommes et d'œuf dur, des oignons en lamelles, des carottes râpées et de la laitue un peu molle. Curieux assemblage auquel je n'avais pas touché, je pourrais rendre cette salade en l'état à la serveuse qui pourrait ensuite la proposer telle quelle au client d'une autre table. Impossible de la manger.

Tout y passait. Ma candeur, mon âge, les illusions que je trimballais encore. Il faisait mine d'évoquer le lot commun mais c'était clairement de moi qu'il parlait. Mon inconséquence, ma légèreté – ma bêtise ? –, l'effarante banalité de la situation. Combien étions-nous ainsi à remonter le cours de nos vies au lieu de le suivre naturellement, pour replonger dans des histoires vieilles de vingt ans, de quarante ans, aussi engageantes que de la graisse figée ?

– Et tu vas oser te déshabiller devant lui ?

Sous-entendu probable : alors que tu as eu tant de peine à le faire devant moi ? « Je n'ai pas l'intention de me déshabiller », ai-je eu envie de lui dire, mais je ne l'ai pas dit. Il était jaloux, c'était idiot, il était jaloux et semblait prendre un plaisir frondeur à me démonter. Peut-être était-ce légitime, je ne sais pas. Dan avait donné à mes seins de fille de dix-huit ans des noms de fleurs, *daffodil* pour le gauche, *forget-me-not* pour le droit, il avait eu la vie facile : des seins de jeune fille, à ce point ronds, à ce point doux, à ce point fermes, à ce point désirables, à ce point tendus sous le T-shirt, c'était du pain bénit, ces seins tout jeunes qui n'avaient encore servi à rien. Autre chose que ceux que Nils avait pourtant si joliment aimés pendant ces quatorze jours.

Devant mon silence, il en était sans doute à se perdre en élucubrations ridicules, mais toute énergie m'avait quittée pour le contrecarrer. J'avais envie de le frapper, j'avais envie qu'il arrête, j'avais envie qu'il m'embrasse, j'avais envie de ne plus le voir, j'avais envie de dormir, j'avais envie de pleurer.

Pas sûre qu'elle ait senti la trace de ma peau sur la sienne. Elle dormait si profondément que j'avais peur qu'elle tombe en avant, elle n'était protégée par aucune barricade, il ne fallait pas grand-chose pour qu'elle chute sur le sol tout en dormant. J'ai fait une maigre tentative pour la fixer plus solidement au dossier de son fauteuil, ça ne servait à rien, deux minutes plus tard elle allait retrouver sa position initiale et précaire. Mon vol partait dans moins de trois heures, j'allais devoir l'abandonner aux prises avec la gravitation universelle.

– Attends-moi, j'ai dit tout bas dans son oreille.

Je ne manquais pas de culot, il ne tenait qu'à moi de rester.

Il était encore trop tôt pour que Lucienne soit déjà de faction dans le couloir. J'ai quitté les lieux en courant presque, tirant derrière moi ma petite valise. Pfff pfff sur le lino.

II

Dan

Quand on s'était retrouvés sur le trottoir, Dan et moi, avec encore dans l'oreille le bruit que la porte avait provoqué en se fermant, je m'étais demandé ce qu'on était censés faire et où j'allais l'emmener. « *Let's have a coffee somewhere.* » Il y avait mes aubergines dans la poêle, Marguerite dans le canapé, Patrick quelque part et certainement pas très loin, dix ans à éponger en vingt minutes, on n'allait pas y arriver comme ça, si aisément.

Je craignais que Johanna sorte et nous rattrape, j'avais emmené Dan en vitesse au bistrot du coin de la rue, dans lequel je n'avais jamais mis les pieds. On s'est assis l'un en face de l'autre sur des chaises en bois dur, dans une odeur de cendrier refroidi depuis vingt ans au moins, et c'était tellement dense, si puissant comme urgence, qu'il a sauté à l'eau sans aucun préambule, sans mise en route, c'était aussi violent qu'une pénétration sans caresses. Il a lâché très vite, en me fixant de ses yeux verts aux petits éclats dorés, « *I've been missing you for ten years* », et qu'est-ce que je pouvais répondre à ça ? J'avais l'impression d'être brutalement poussée contre un radiateur brûlant. Il avait à peine vieilli, à peine changé, son visage était anguleux et doux, ses cheveux fins lui arrivaient toujours aux épaules, son corps léger n'avait pas pris un gramme, et je ne savais pas quoi penser ni quoi sentir. Trop d'effervescence. On pouvait reprendre les choses là où on les avait laissées dix ans plus tôt, c'est l'impression que j'avais, pendant un moment très fugace j'ai vraiment cru qu'on pouvait le faire.

L'avion était déjà en train d'effectuer sa descente, je ne reconnaissais rien dans cette terre qui s'approchait, je n'avais jamais mis les pieds à Budapest et c'était une des raisons du choix de cette ville que nous ne connaissions ni l'un ni l'autre : un endroit neutre, et visitable si nous ne trouvions rien à nous dire. La fatigue me brisait le dos. J'avais rendu ma clé à Nils qui l'avait ramassée sur la table sans se faire prier, il m'avait même paru soulagé en la récupérant, et j'avais commencé à essayer de me convaincre que je n'aurais jamais réussi à vivre dans son foutoir. J'ai eu une pensée pour mes boucles d'oreilles posées sur leur petit îlot blanc, sans doute bientôt avalées par la masse.

Il me restait trente minutes à tout casser pour ranimer Dan, lui rendre couleurs et épaisseur, réveiller mon désir de le voir qui s'était transformé en une panique sourde qui me donnait envie d'opérer un demi-tour sitôt sur le tarmac. Mais si je faisais ça, je ne saurais jamais comment les choses auraient pu se passer, et ces fantômes de choses viendraient s'ajouter à la liste de tout ce que je n'avais pas pu, de tout ce que j'aurais dû, de tout ce que j'aurais voulu, bref, allaient occuper plus de place encore que les choses elles-mêmes, ce n'était pas une grande idée. J'ai donc suivi les autres passagers jusque dans l'aérogare, en tirant ma valise d'un air dégagé alors que mon dos douloureux me tassait sur moi-même et que mon cœur battait si fort que j'avais peur qu'on l'entende et qu'on m'interroge en hongrois sur ce que je transportais sous mes vêtements.

Dans le hall des arrivées, personne ne m'attendait.

Il y avait comme dans tous les aéroports des gens agglutinés le long de la barrière qui séparait les voyageurs du reste du monde, mais une fois passé le moment où chacun se cherche et se trouve j'ai bien dû admettre que je ne reconnaissais personne et que personne ne me reconnaissait. Dan n'était pas là. La lumière était sèche et blanche, le bâtiment sinistre, j'ai tourné lentement dans le hall qui se vidait petit à petit, avec ma valise derrière moi, pfff pfff, sans plus savoir si je souhaitais qu'il vienne ou si je préférais qu'il n'arrive jamais. Je n'avais même pas son numéro de portable. Son avion avait atterri le matin même en principe, en provenance de Portland ou de Chicago – je ne sais combien de changements il avait dû endurer pour arriver là ni combien d'heures ce voyage lui avait pris –, c'était lui qui devait contacter le propriétaire pour entrer en possession de la clé. Il avait insisté pour venir me chercher ensuite à l'aéroport, insisté à tel point que je n'avais même pas tenté de regarder sur un plan de la ville où se trouvait l'appartement. Et ma fatigue était telle que je me sentais incapable de prendre la moindre initiative, héler un taxi, trouver un bus, parler je ne sais quelle langue pour aller je ne sais où, pitié. C'était lui qui m'avait proposé ce dernier rendez-vous, dans n'importe quelle ville du moment qu'on y passait au moins une semaine tous les deux, il avait changé trois fois les dates à cause de la ferme, et maintenant il n'était pas là. Alors j'ai continué à marcher de long en large dans le hall immense devenu presque désert en attendant que quelque chose se passe, parce que forcément quelque chose finirait bien par arriver.

C'est mon portable qui s'est réveillé dans le fond de mon sac, je l'ai senti vibrer, j'ai aussitôt calé, ma valise est venue cogner contre ma jambe. Nils ? Dan perdu sur les bords du Danube ? C'était Violette qui me disait que maman n'était pas tombée sur le sol en dormant, elle allait mieux, elles étaient allées se promener près du bosquet au-delà du parking, dans la chaleur du soleil que maman avait supportée sans broncher. J'ai soudain eu faim, quelle heure était-il ?

Un bar était encore ouvert, les prix des sandwichs étaient affichés dans une monnaie que je ne connaissais pas – ils n'avaient pas d'euros en Hongrie ? J'étais de toute évidence encore plus larguée que je ne l'avais craint.

Quand Dan est apparu, j'avais décidé de repartir par le premier avion du matin et déjà trouvé une banquette qui pourrait m'accueillir pour le bout de nuit qui restait.

Je l'ai vu pousser la porte tambour sans le reconnaître immédiatement, ses cheveux étaient désormais gris et courts, et il était si agité qu'il ne se ressemblait pas.

– *I'm so so so sorry...*

Il était non seulement dans un état d'affolement inhabituel mais il semblait aussi penaud qu'un enfant, il avait un sourire malheureux. Il s'était gouré d'heure. Tout simplement gouré d'heure. Et ce n'était qu'une fois dans le bus vers l'aéroport qu'il avait réalisé son erreur. À voir sa tête, je devinais combien le trajet avait dû lui paraître interminable : il attendait ce moment depuis huit ans et il s'était tout simplement gouré d'heure. Et à le voir là, si désemparé, je me suis mise à trembler, sans savoir si c'était à cause de la fatigue ou parce qu'il était là. Il m'a serrée dans ses bras avec une maladresse marquée par l'impatience, son T-shirt était humide de transpiration. J'étais sortie du hall un peu plus tôt pendant quelques instants et j'avais senti la chaleur lourde du soir me tomber dessus comme si j'étais passée à côté d'un réacteur d'avion en activité. Il a murmuré, encore sous le choc du dépit d'avoir manqué les trois ou quatre premières heures :

– *Here you are…*

Son étreinte s'est accentuée, mon corps s'est contracté. J'ai fermé les yeux pour tenter de reconnaître son odeur, son toucher, retrouver un souvenir précis. Mais rien ne venait, je n'éprouvais rien du tout sinon ma fatigue obsédante qui, maintenant que Dan s'était matérialisé et que je ne prenais plus le premier avion du matin, me faisait sentir presque hystérique même si mon corps était froid, et m'aurait bien fait hurler : « On y va ???? *Where's that fucking apartment ???* » Cette trop longue attente avait complètement esquinté mon humeur.

Il a fini par se détacher de moi pour prendre ma valise qui attendait par terre. Son corps se balançait d'avant en arrière, de gauche à droite, tant il était nerveux et désireux de réparer ce début affligeant. Il m'a pris la main et m'a emmenée jusqu'à l'arrêt du bus où il n'y avait plus personne, le dernier bus avait quitté les lieux une heure plus tôt.

Il avait acheté des cerises et quelques bières, le petit banc jaune à lattes en bois correspondait exactement à la photo du site Airbnb, la chaleur avait un peu baissé et tout à coup j'étais bien. Malgré l'heure tardive et la fatigue. Quelques rares voitures en contrebas traversaient le silence, on avait une vue plongeante sur l'immeuble d'en face : une construction récente plate et sans âme qui était animée seulement par le néon blanc d'une cuisine dans laquelle une jeune femme était attablée. Toutes les autres fenêtres étaient noires. Pas un chat à part elle. Les pieds nus de Dan étaient posés sur le rebord en pierre du balcon ajouré, je les reconnaissais, larges pieds malgré son corps si fin, longs orteils, j'étais juste un peu étonnée de les voir découpés comme des orteils ordinaires.

Depuis qu'on était assis sur le banc, il parlait, en s'enfilant des cerises l'une après l'autre et en crachant adroitement les noyaux dans un pot de terre cuite vide posé par terre. Il parlait de son voyage qui avait duré un temps insensé comme je l'avais supposé, il était parti de chez lui depuis quarante-huit heures, et son débit accéléré ajouté à son accent de l'Ouest me donnait un peu le vertige, mais malgré tout j'étais bien. Depuis le trajet en taxi il ne m'avait plus touchée, plus pris la main, plus serrée contre lui, et cette absence de contact me tranquillisait. Je l'écoutais. Son accent nasillard, les mots qui se mélangeaient, je n'en comprenais pas la moitié. Les anecdotes sans grand intérêt dont je n'étais pas sûre de saisir la chute. Déjà, le jour où je l'avais rencontré, je n'avais rien compris de ce qu'il me racontait, « *speak slowly, please* », et au lieu d'articuler convenablement il s'était mis à parler plus fort sans ralentir la marche des mots. J'avais beau ne rien capter il m'avait plu tout de suite, il était petit et sombre, solitaire et réservé, l'antithèse de tous les jeunes Américains blonds et musclés qui me saluaient sur le campus d'un « *Hi* ! » enthousiaste, comme si ma vue les ravissait.

Un noyau a raté sa cible, Dan ne s'en est pas aperçu. Il continuait à remplir l'espace avec son bavardage parce que sans doute il ne savait pas plus que moi par où recommencer, ou comment terminer cette histoire presque aussi longue que notre vie.

Il n'y avait plus de cerises dans le bol, il les avait toutes mangées – je n'avais pas eu l'occasion d'en goûter une seule –, et le silence s'était installé. La jeune femme de l'immeuble d'en face était toujours assise dans la cuisine, elle était à présent occupée à taper du bout d'un index pas très ferme un texto sur son portable, dans la lumière froide du néon – elle n'avait donc pas de salon ou de chambre plus confortable ? Dan s'est soudain laissé couler sur le banc pour se pencher vers moi dans un mouvement que j'ai d'abord cru amical ou fatigué, pensée niaise, il s'est lové dans le creux de mon cou, a tenté de m'embrasser et j'ai reculé instinctivement ; pas sûre qu'il s'en soit rendu compte. Il est resté collé contre mon épaule comme s'il n'avait jamais eu l'idée de ce baiser. Sa voix était rauque.

– *You remember the empty houses ?*

Mon corps était parfaitement immobile, comme désireux de ne pas réveiller un enfant qui dort. Je me souvenais très bien de ces maisons vétustes du quartier nord de South Bend, dans lesquelles nous rentrions à la faveur de la nuit tombée. Comment les reconnaissions-nous ? Comment les choisissions-nous ? Elles étaient meublées chichement mais semblaient habitées ou l'avoir été jusqu'à il y a peu, et pourtant on y entrait comme si on était chez nous ; on faisait le tour du propriétaire allégrement, sans la moindre peur d'être pris sur le fait, on avait même réussi une fois à faire l'amour sur une table de cuisine, quel plaisir avions-nous pu trouver à nous coucher nus sur cette table en bois dur ? Pas idée, mais cet épisode-là devait être à l'origine de son « *You remember the empty houses ?* » Une porte d'entrée sur la remontée dans le temps.

– *Yes, I remember.*

Aucun désir d'entamer la marée de souvenirs, même si on était exactement là pour ça. À quoi aurait ressemblé cet instant s'il avait eu lieu un mois plus tôt ? Avant Nils ?

– *I'm really tired, Dan.*

– *Oh yes.*

Il s'est levé d'un bond comme s'il allait raccompagner à la porte une vieille tante en visite. On ne saurait jamais à quoi aurait ressemblé cet instant un mois plus tôt, mais là il était si artificiel que c'en était drolatique. On aurait dû être submergés par une vague d'émotions étourdissantes et il avait suffi de quelques secondes pour qu'on soit deux étrangers gênés l'un face à l'autre ; rien n'aurait pu être pire que cette atmosphère contrainte et polie. Il a ouvert la porte-fenêtre qui donnait sur la chambre et c'est là que j'ai vu qu'il boitait, je ne l'avais pas remarqué jusqu'ici.

– *Oh... my hip. A pain in the ass.*

Il n'a pas fourni d'explication, a traversé la chambre, dans laquelle il avait déjà posé ses affaires, un gros sac de voyage noir duquel émergeaient des vêtements chiffonnés. Et il a marché comme ça, comme s'il était déjà vieux, jusqu'à la salle de bains. Je n'existais plus, il semblait m'avoir complètement effacée.

Qu'est-ce que j'étais censée faire ? J'ai jeté ma valise sur l'autre lit, qui n'était qu'un divan déplié dans le salon ouvert à tous les regards, lieu de passage entre la cuisine et la chambre que Dan s'était attribuée, je l'ai ouverte et en ai sorti une chemise de nuit que je ne portais jamais et que j'avais apportée au cas où. Un long truc en coton bleu clair décoré d'hippocampes verts et bleu marine. Je me suis dépêchée de l'enfiler pendant qu'il était dans la salle de bains, j'ai sorti mon portable et tapé mon mot de passe en réalisant que je ne m'étais pas inquiétée une seconde, au moment de la réservation, de vérifier s'il y avait le wi-fi.

Il est ressorti de la salle de bains en caleçon vingt minutes plus tard. Il est passé devant moi en claudiquant, apparemment affairé, l'air en tout cas de quelqu'un qui sait où il va ; son corps avait peu changé, toujours sec, toujours fin, toujours imberbe, seulement un peu affaissé, un peu plus noueux. Je l'ai regardé passer, sciée par son aisance, éberluée, il était parfaitement à l'aise vêtu de ce seul caleçon sans âge et sans forme, on aurait dit qu'on était mariés depuis trente ans. C'était absurde.

Arrivé devant son lit, il a enfin paru se souvenir que j'étais là, il s'est retourné, il a souri, soudain plus réel, un peu désolé, et il a demandé à voix basse :

– *What are we gonna do ?*

– *I don't know.*

J'ai souri à mon tour, touchée par sa volte-face. J'ai caressé son épaule et son bras puis, sans essayer de traduire l'expression de son visage, je suis retournée dans le salon, qui me tenait lieu de chambre. Le parquet sous mes pieds nus était agréable au toucher, lisse et tiède. Cet appartement semblait plus séduisant encore que sur les photos du site que j'avais consultées mille fois, je n'avais pas pris la peine de le regarder en détail, ça attendrait le lendemain, là tout de suite j'étais cuite. Des images floues et incomplètes de la grande pièce de Nils me sont soudain venues en tête, qu'est-ce qu'elles venaient faire là ? Je les ai chassées sans trop d'efforts, j'ai également chassé l'idée que Dan était tout seul dans la chambre à côté, c'était pourtant invraisemblable. Ça n'était jamais arrivé avant. On s'était retrouvés chaque fois.

Je l'ai découvert aux environs de quatre heures du matin assis sur une chaise dans la cuisine, dans le même vieux caleçon blanc-gris. Il buvait un thé ou une tisane dans le noir, le coude sur la table, le dos contre le mur. C'était une cuisine sans fenêtre, aux placards rustiques en bois verni, aux murs tapissés de carreaux jaunes agrémentés à intervalles réguliers d'épis de blé. C'était la soif qui m'avait réveillée, ma chambre-salon se révélait étouffante malgré la fenêtre ouverte sur la cour intérieure de l'immeuble. Je m'attendais si peu à le voir là que j'ai poussé un petit cri. J'ai dit tout bas :

– *What are you doing here ?*

– *Nothing. I'm just sad.*

J'ai vu son visage fatigué dans la pénombre, il a bu une gorgée de ce qu'il y avait dans sa tasse et je suis allée remplir un verre d'eau au robinet. J'ai bu tout le contenu du verre debout face au carrelage, je ne savais pas quoi dire. On s'était retrouvés dans la même chambre d'hôtel à New York tous les trois ans pendant près de vingt ans. Six fois ? Sept fois ? J'avais encore dans le nez l'odeur de la chambre, un mélange de renfermé et de désinfectant ajouté à l'odeur douçâtre de la peinture des murs, à celle contrastée de la moquette sale et brune, or on avait chaque fois réussi à puiser suffisamment dans nos souvenirs pour nous faire oublier le monde extérieur. Je me suis retournée pour lui faire face, il était courbé vers le sol et s'est aussitôt redressé, mais ce n'était pas mon visage qu'il regardait, c'était ma chemise de nuit, sans la moindre ambiguïté, sous laquelle il essayait de deviner ce que mon corps était devenu, de la poitrine aux genoux.

– *Nice, the seahorses.*

J'ai haussé les épaules et souri dans la pénombre, il s'est mis à tapoter l'anse de sa tasse avec son index. On a gardé le silence pendant quelques instants. Il n'y avait pas un bruit alentour, l'appartement se trouvait sur les hauteurs de Buda dans un quartier apparemment tranquille, « *only two blocks from a major station with underground, bus, and tram lines running often* ». J'ai posé mon verre sur le plan de travail et le son qu'il a produit nous a fait lever les yeux en même temps.

– *It'll be better tomorrow. It takes a little time…*

– *Yeeeah… sure.*

Il a hoché la tête d'un air entendu, accommodant, et j'ai quitté ma place sans plus le regarder, pour rejoindre mon lit.

Putain de rêves. Ils démolissaient toute perspective. Le soleil baignait la chambre malgré les tentures fermées, mais je sentais déjà que j'aurais peur de me lever et que la journée allait s'étirer, interminable. De la cuisine me parvenaient les bruits connus : eau qui coule, tiroirs qui s'ouvrent, couteaux, fourchettes, assiettes qui se cognent, eau qui bouillait à présent, trop de remue-ménage pour un petit déjeuner ordinaire, je pressentais la direction que les choses allaient prendre. Et mon rêve stagnait comme du brouillard, m'empêchait totalement de prendre toute la mesure de ces choses, j'avais le corps en sueur et Nils englué dedans.

Depuis mon lit j'avais une vue directe sur la porte de la cuisine qui a fini par s'ouvrir. Dan est apparu, dans son caleçon éternel, portant un plateau sur lequel je devinais même en position couchée des œufs à la coque, des verres de jus d'orange, des toasts dans un panier et un pot de confiture, où avait-il dégoté tout ça ? Il s'est approché de moi en portant le plateau avec précaution, ça n'avait pas l'air simple de faire tenir dessus tout ce qu'il y avait mis, les verres de jus d'orange ressemblaient à des flûtes à champagne, et je me suis redressée pour dégager le terrain, pour lui ouvrir la voie.

– *Gorgeous...*

Il n'a pas répondu, aussi concentré que s'il avait dû pratiquer une opération à cœur ouvert. J'ai lissé les draps du plat de la main pour lui permettre de poser son chargement sans encombre. Succès total. Le plateau et son contenu sont arrivés intacts sur le lit et Dan s'est assis tout près de moi qui ai reculé encore un peu pour lui faire de la place. Il a contemplé son œuvre, un peu perplexe comme s'il y manquait quelque chose, puis il m'a regardée, sans vraiment sourire, mais il semblait moins triste que dans la nuit.

– *Good morning.*

– *Good morning, Dan.*

C'était étrange de voir sa peau lisse de si près et de n'avoir aucune envie de la toucher. Il m'a tendu un verre de jus d'orange en disant :

– *I made some tea, if you want any.*

Le jus venait d'une bouteille ou d'une boîte et ça m'a soulagée en partie, Dan ne sortait pas le grand jeu même s'il semblait bien décidé ce matin-là à monter au créneau et à reprendre ce séjour hongrois par un autre bout, à trouver en tout cas un meilleur début dont se souvenir, pour que les choses soient telles qu'il aurait voulu qu'elles soient, telles qu'elles étaient avant. Comme si son retard à l'aéroport était la seule raison de ce fiasco annoncé.

Ils n'avaient pas menti, la station de métro était toute proche, juste séparée de l'appartement par un parc famélique aux pelouses grises et clairsemées. Dan marchait d'un pas décidé malgré sa hanche, il faisait une chaleur à tomber, ma robe légère me semblait déjà lourde, et mes pieds nus glissaient dans leurs sandales. Il était vêtu comme avant, comme il l'avait toujours été, d'un short plein de poches, trop large, et d'un T-shirt sans forme.

Il paraissait éprouver une sorte de jubilation à connaître la ville mieux que moi pour le peu qu'il la connaissait – il l'avait partiellement pratiquée avant mon arrivée –, et il affichait une nonchalance affectée et comique en achetant les tickets de métro au distributeur, en marchant avec sa légère claudication vers le bon quai, sans avoir recours au plan de la ville placardé à l'entrée de la station. Et tout en jouant de cette petite supériorité que je lui concédais sans discuter il me pressait de questions sur tout et rien, j'essayais d'y répondre avec toutes les nuances que mon anglais me permettait, je parlais de maman longuement alors que je n'avais pas dit un mot de Nils. Nils n'existait pas, c'était en tout cas ce que j'essayais de me rentrer dans la tête. Je parlais aussi de Marguerite, j'essayais de situer le Jura sur une carte de France que j'ébauchais dans l'espace, on avait tout loisir de se perdre dans ce genre de détails, on était appelés à passer des jours entiers ensemble, et cette seule perspective me laminait. Depuis que je m'étais réveillée, le temps m'était tombé dessus, le temps infini que durait une journée, le nombre de minutes et de secondes, qu'il fallait en outre multiplier par dix. Dix jours avec Dan. Tous ces repas. Tous ces repas à partager en plus de tout le reste, de toutes les heures qui les entouraient. Seigneur. Combien de repas cela faisait-il ? Et dire que j'en avais rêvé, que j'avais fantasmé sur ces retrouvailles comme si rien ne bougeait jamais et qu'on était restés tels quels, enfermés pour toujours dans nos dix-huit ans. Enfermés ensuite dans cette chambre d'hôtel new-yorkaise sans autre perspective que celle de se souvenir de la passion qui nous avait animés et qu'on ranimait chaque fois vaillamment, aidés par nos vies molles et par l'exubérance de cette ville. Il m'écoutait parler de Marguerite avec une attention presque douloureuse alors que ce que je racontais n'avait rien de triste, il avait toujours eu cet air inquiet, tourmenté, qui m'énervait maintenant alors qu'il m'avait tant plu. Il était concentré sur chacune de mes paroles, épaté par la qualité de mon anglais, c'était du moins ce qu'il disait et j'avais encore l'impression d'être une étrangère qu'il avait à cœur de flatter. Dans le métro il ne se collait pas vraiment contre moi mais il était juste assez proche pour que j'aie envie de reculer. Qu'est-ce qui m'avait fait venir jusqu'ici ? La loyauté ? La nostalgie ? Le souvenir, encore ? Le prix et la longueur de son voyage ? L'annonce du départ de Johanna ? Pourquoi n'avais-je pas annulé ? Nils peut-être n'existait plus mais pour un mort il ne manquait pas de présence, il avait réussi en quinze jours à réduire en cendres une histoire qu'on avait maintenue à bout de bras pendant près de quarante ans. Il occupait le terrain. J'avais le chic pour remplacer une illusion par une autre, les souvenirs décidément m'intéressaient plus que la réalité. Maman ne connaissait pas sa chance ; la mémoire qui fout le camp, c'est peut-être l'unique moyen de se détacher pour de bon.

On approchait du centre-ville, Dan voulait me montrer la Grande Synagogue avant toute chose, et, sans que je pose la moindre question – j'avais la tête qui tournait avec toutes ces conversations, son accent, le regard qu'il posait sur moi sans discontinuer –, il évoquait à présent la ferme, le printemps qui avait été trop pluvieux, les nouvelles sortes de *beans* qu'il cultivait, j'étais larguée. Trop de mots, trop de termes techniques, j'avais un urgent besoin de silence. Je me fichais de la Grande Synagogue, de la basilique Saint-Étienne, de l'Opéra et du Parlement, tout m'était égal, je voulais bien aller partout du moment qu'on se taisait, et aussi qu'on évitait les thermes dans l'immédiat, j'avais le sentiment que je n'y survivrais pas.

La ferme. La ferme. Le lieu sacré. À la fin du trimestre, quand tous les étudiants avaient déserté le campus, on y était allés, pour y passer l'été avant que je ne rentre chez moi. On avait traversé le pays en stop, onze jours de route dans la chaleur de juin. Un camion qui nous avait embarqués avait pris feu un soir, entre la cabine et la remorque, et le chauffeur, un gros Indien silencieux qui avait éclusé des bières pendant tout le trajet, était sorti de la cabine toujours sans dire un mot avec en main un pack de six bières tièdes. Il était parti sur la route en laissant le camion et en nous plantant là, au milieu des flammes qui montaient. On dormait près des aires de repos d'autoroute, dans les champs qui les bordaient, sous des ciels imprenables, étoilés, immenses. On avait passé trois jours sur les berges d'une rivière du Wyoming, Dan attrapait à la fourchette des saumons qui remontaient la rivière, les moins fringants d'entre eux ; je l'observais médusée tenir cette fourchette fermement, déjà précise même avant le passage du poisson. Le dernier jour du voyage, il avait tué à mains nues un canard qu'on avait rôti sur un barbecue d'une zone de pique-nique déserte. J'étais amoureuse d'un trappeur, un homme des bois, un braconnier, qui étudiait les sciences agronomiques à l'université, l'Amérique était l'endroit le plus exaltant de la terre.

Et puis nous étions arrivés à la ferme, qui n'était pas une ferme mais une grosse maison rouge plantée dans un champ, lui-même entouré d'une série d'autres champs, tous traversés de systèmes d'irrigation complexes. Rien d'autre à la ronde sinon une rangée d'arbres en arrière-plan. Les premiers voisins se trouvaient à trois *miles*, le village le plus proche à dix-huit. L'océan Pacifique, si j'en croyais la topographie de l'État, bordait les terres mais les terres semblaient sans fin. Dan se fichait de l'océan, il était heureux d'être enfin arrivé chez lui alors que moi j'aurais tout donné pour faire machine arrière et reprendre notre voyage à travers tout, les villes et les campagnes, du moment qu'on bougeait. Il m'avait pourtant décrit en long et en large la ferme et ses contours, mais peut-être avais-je mal écouté, ou cru que l'amour qu'il portait à ces terres serait facilement contagieux. Ses parents nous avaient accueillis avec une gentillesse un peu servile, comme si nous étions les nouveaux maîtres du domaine. Il m'avait emmenée faire le tour de la propriété, qui était plus vaste encore que ce qu'elle donnait à voir. Il m'avait expliqué par le menu la manière dont l'irrigation fonctionnait, le système était neuf et, si j'avais bien compris, totalement révolutionnaire. Il y avait des champs de fraises à perte de vue, des tracteurs et des machines agricoles, je déployais toute mon énergie pour m'intéresser à ce qu'il me racontait mais déjà les bras m'en tombaient et l'envie d'être ailleurs, malgré ma volonté de tenir bon, était plus forte que tout.

Au bout d'une semaine, l'envie était devenue nécessité. Dan était absorbé par l'avancée des cultures et les prévisions météo, il n'avait pas encore vingt ans mais sa vie tout entière était vouée à cette exploitation agricole. Moi, je n'avais décidément aucune attirance pour les travaux des champs, si sophistiqués soient-ils, et il commençait à me regarder d'un autre air, comme si j'étais une incongruité, une bizarrerie au milieu de la nature domestiquée. J'aurais aimé tenir tout l'été mais quinze jours m'avaient suffi, j'étais partie avant d'en arriver au moment où il ne parviendrait plus à masquer sa déception.

Le soir avait fini par arriver. Oh, le soir était enfin là. Une journée de passée. Mais il était à peine vingt heures. Dan m'avait emmenée voir la synagogue puis nous étions montés dans la coupole de la basilique, je percevais son souffle contre moi dans l'étroit escalier qui menait au sommet. Je m'étais extasiée sur la vue plus qu'il ne fallait, cette vue n'était qu'une toile de fond que Dan ne regardait même pas. Il arpentait l'étroite passerelle en détaillant ses pieds ou mon profil, il était à peine plus grand que moi et je sentais son nez tout proche de mon front dès que je regardais les toits, le fleuve et la colline derrière, et son regard me crispait tellement que je ne parvenais pas à puiser quoi que ce soit dans ce paysage, pas la moindre impression, aucune joie, aucun émerveillement. Rien ne venait. Le désert. Tout était mortel. Et j'avais fini par dire que je souhaitais rentrer pour me reposer un peu, avec l'espoir qu'on ne ressortirait plus et que le temps passerait vite.

Il arpentait maintenant l'appartement comme il avait arpenté la passerelle, croyant ne faire aucun bruit mais je n'entendais que lui, ses pieds nus sur le parquet, fsss fsss, puis soudain sa trajectoire a dévié, il est venu se coucher sur mon lit juste à côté de moi, dans un mouvement un peu trop brusque qu'il avait dû pourtant préméditer, puis il m'a proposé, d'un ton léger qui ne collait pas avec tout le reste, d'essayer un restaurant dont on faisait des montagnes dans le *Lonely Planet*.

– *OK, it sounds great.*

Aucun de nous deux n'a bougé. On est restés à regarder le plafond en silence, couchés côte à côte. Puis il a dit, d'un ton tout différent, qui n'essayait plus de faire semblant :

– *It's really hard.*

– *I know. I'd probably better leave.*

Oh, j'en rêvais.

– *No way.*

Sa voix s'était raffermie, durcie. Il cherchait ses mots mais le message était clair. Pas question que je lui refasse ce coup-là, j'allais cette fois rester jusqu'à la fin. Il a fermé les yeux, pour me signifier que tout avait été dit ou à peu près. Il a vraiment fait mine de dormir. J'ai fait la même chose dans l'espoir que ça marche.

Il semblait juste oublier que j'avais voulu revenir, cette fois-là, j'avais presque aussitôt regretté d'être partie sans avoir essayé plus longtemps de m'adapter à cette vie en y consacrant au moins l'été. J'avais maudit ma fichue impatience, mais il ne lui avait pas fallu deux mois pour retrouver une ancienne copine de *high school*, Johanna, dont les parents dirigeaient une exploitation un peu plus petite, pourquoi n'y avait-il pas pensé plus tôt ? On avait échangé quelques lettres amères, puis des lettres désemparées, il regrettait, je regrettais, nous n'avions pas suffisamment profité l'un de l'autre, nous nous étions quittés en plein vol. Nos lettres mettaient plus d'une semaine à parcourir les huit mille kilomètres qui nous séparaient, la distance attisait le manque, le monde était trop vaste, il avait fini par proposer que nous nous retrouvions à New York quelques jours. Une solution à mi-chemin entre lui et moi.

On était revenus chaque fois dans la même chambre d'hôtel, elle n'avait pourtant rien pour elle.

Peinte en bleu layette, éclairée par un néon effarant. Mais on s'était pris d'affection pour ce bâtiment énorme et décati près de Time Square, aux relents fétides, tenu par un vieux type assis derrière une vitre épaisse et grillagée, au bas de laquelle était aménagée une ouverture juste assez large pour faire passer des clés. Ce dispositif renforçait l'aspect clandestin de nos rencontres, il en garantissait presque le fragile équilibre.

On s'était vus six ou sept fois dans cette chambre à l'odeur écœurante fixée dans les murs. Six ou sept fois en près de vingt ans. Puis, le jour où Johanna avait compris que Dan était à New York au lieu de passer la semaine à cette convention de fermiers de l'État de Washington comme il l'avait prétendu, on avait arrêté d'y venir. Il tenait à elle, elle lui était devenue indispensable à la ferme. Et on en était restés là, on ne s'était pas revus.

Il ne dormait pas, il s'est redressé avec difficulté, sans doute un peu fatigué par la journée et le décalage horaire. Une fois debout, il a marché en boitant vers sa chambre, dont la large porte-fenêtre était ouverte sur le balcon et la rue. Sans me regarder il a lancé :

– *Ready ?*

– *Yes. Ready.*

Je me suis levée à mon tour, ne sachant trop s'il voulait me punir ou s'il avait raison. C'était peu de chose, dix jours, dans une vie, il n'en restait d'ailleurs plus que neuf. Ça passerait, ça passerait, tout passait. Pfuit, et puis plus rien. On arriverait au bout d'une manière ou d'une autre.

Ça passait, certes. Mais c'était lent. C'était interminable. Je me surprenais à compter avec les doigts derrière mon dos le nombre de jours restants, comme une gamine à l'école ou en prison. Mercredi, jeudi, vendredi, samedi, je recommence, mercredi, jeudi, on est mercredi, là, déjà deux jours de faits, *yes*, pas mal, mais il en reste combien ? Il me serrait de près, il ne me lâchait pas ; quand mon portable sonnait il s'enquérait comme s'il en avait le droit : « *Who is it ?* », c'était Violette, ce n'était jamais Nils. Maman semblait revivre, avoir en tout cas un dernier sursaut dont Violette profitait avec un plaisir qu'elle n'aurait jamais osé envisager.

Il était d'une gentillesse éprouvante, il ne s'épargnait pas, il préparait son plan de campagne. Huit jours pour me convaincre, il avait ce temps-là devant lui, mais me convaincre de quoi ? Perdus dans la foule, nous avions les yeux rivés sur des avions biplaces qui volaient juste à la surface de l'eau sous les ponts du Danube, dans des figures acrobatiques distrayantes cinq minutes. Ce meeting aérien attirait tellement de monde qu'il était légitime d'espérer que quelque chose se passerait réellement, un pont percuté, n'importe quoi d'un peu trash, d'un peu impressionnant, mais au bout d'une heure on en était toujours au même point. J'avais très envie de bouger mais je faisais mine de regarder les avions comme si ça m'intéressait pour de vrai, être ici ou ailleurs ne changeait pas grand-chose.

On a tout de même fini par partir, il faisait trop chaud au bord de ce fleuve. On a repris le tram pour aller se réfugier dans la fraîcheur du Muséum d'histoire naturelle, Dan n'aimait pas la peinture. Va pour l'homme et la nature hongroise ! On a déambulé mollement parmi les sangliers empaillés, les cannes à pêche pluricentenaires, les cailloux et les champignons séchés, je m'abîmais dans leurs noms, *Coprinus comatus*, *Clitopilus prunulus*, *Suillus luteus*, je lisais toutes les notices sans en rater une seule, même celles en hongrois, mais qu'est-ce qu'on foutait là ? Qu'est-ce qui nous attendait le lendemain et les jours d'après ? Pourquoi était-ce si difficile de simplement admettre que tout avait une fin ? Je ne comprenais pas ce qui m'empêchait de prendre le premier vol qui se présentait pour Bruxelles. « *No way.* » Je me calmais aussitôt, allez, dix jours c'était court. Il n'en restait d'ailleurs plus que huit. J'avais toujours voulu voir Budapest, il suffisait de se concentrer un peu sur cette ville, le nouveau top des choix touristiques, la reine des Carpates, la perle du Danube, *a Paradise for explorers*. Et puis Dan était gentil, je ne pouvais pas nier que Dan était gentil, trop empressé peut-être, mais j'étais engluée dans sa gentillesse, je ne voyais pas ce que j'aurais pu lui reprocher au point d'organiser mon départ.

Et puis soudain survenait un moment suspendu, soudain ça allait mieux.

Dan est revenu vers moi avec deux verres de tokay qu'il a déposés sur la petite table en fer mal arrimée dans les graviers de la terrasse. Le château était fermé à cette heure et les touristes redescendaient vers Buda. Ne restaient que quelques personnes sur cette large esplanade qui dominait la ville, la lumière était rose, la chaleur à nouveau supportable, Dan plus détendu, moins collant. Il n'était plus en campagne. Pause. Temps mort dans la stratégie de récupération. Je respirais mieux et je goûtais autant la vue que le vin frais et doré. Pour la première fois depuis que j'étais arrivée dans cette ville, le temps ne semblait plus immobile et contraint, tout n'était qu'affaire de perception tronquée, faussée ; la compagnie de Dan, somme toute, n'était pas pire qu'une autre, il était même assez drôle quand il ne me regardait pas avec cette insistance gênante dont il était coutumier. Il évoquait la fin de sa mère, qui n'avait pas été de tout repos à l'en croire, il applaudissait des deux mains à la volonté que la mienne avait tant montrée d'en finir au plus vite, même si rien n'avait abouti comme elle l'avait espéré. Et m'est revenu en tête le moment où elle avait découvert la mer immense dans la porte-fenêtre, elle avait paru si contente d'être là. Je me sentais un peu comme elle, sur cette terrasse dans le soleil rose, ce moment-ci ressemblait à celui-là, c'était comme une trêve dans l'envie d'en finir.

– *Let's go to the lake Balaton tomorrow. It's too hot out here.*

Le temps s'est aussitôt remis à peser. Il ne me demandait pas mon avis, son ton ne prêtait pas à discussion, il avait décidé d'être le maître de ces dix jours. Il n'aurait sans doute tenu qu'à moi de l'envoyer sur les roses mais je ne l'ai pas fait. J'étais sans volonté propre depuis mon arrivée, j'étais une fillette docile en attente d'être surprise. Nils me manquait mais Nils n'était plus là, et Dan avait fait onduler ma vie pendant tellement d'années, je devais admettre que j'avais du mal à me résoudre à l'arrêt définitif de ce léger bercement. Le lac Balaton. Je n'avais pas la moindre envie d'aller au lac Balaton. D'aller jusqu'à la gare pour prendre le train, d'errer dans une foule d'estivants à la recherche d'un lieu où se poser, de me mettre en maillot – je voyais déjà le regard scrutateur de Dan sur mon corps mal à l'aise –, de se préoccuper de manger et de boire, d'entretenir une conversation chargée de sous-texte ou totalement vide de sens. L'énergie qu'il faudrait déployer pour faire tout ça me donnait presque envie de lui proposer les thermes à la place. C'était plus près, ce serait plus vite fini. J'étais d'ailleurs surprise qu'avec cette chaleur il n'y ait pas encore pensé.

Il avait déjà étudié l'horaire des trains du lendemain, on pouvait prendre celui de neuf heures douze.

Même l'alcool n'aidait pas à conserver les vibrations dans l'air, le charme du premier verre s'était totalement estompé. Dan avait commandé toute une bouteille de tokay et faisait comme s'il n'avait pas perçu le fléchissement, il surfait sur la vague, buvait trop vite, essayait de garder vivantes les petites étincelles de connivence qui néanmoins subsistaient. Johanna l'avait quitté près d'un an auparavant, il me racontait par le menu son départ en me considérant de ses yeux verts aux éclats dorés. Et me soufflait, la voix incertaine, qu'il avait rêvé un instant qu'on aurait pu reprendre une vie commune tous les deux, oui, bon, il admettait l'ingénuité de cette pensée mais elle l'avait accompagné tout le temps que le voyage lui avait pris. Ça lui avait plu d'y croire. Il s'est mis à rire un peu trop fort en se balançant d'avant en arrière. Il savait bien que non. On ne vivrait jamais ensemble, le temps était passé et l'occasion perdue, il l'avait bien compris. C'était trop tard pour ça. Trop compliqué. Mais on pouvait terminer en beauté, non ? Sa voix était devenue enjôleuse.

– *Let's make it nice...*

Il était penché sur moi et son genou touchait le mien.

– *Let's make it nice. Let's sleep together tonight.*

Sa voix seule essayait déjà de me caresser tandis qu'il rappelait à mon bon souvenir, sans s'encombrer de préambules, nos nuits d'amour new-yorkaises et toutes celles que nous avions partagées dans sa chambre du campus de l'université de South Bend, comme s'il suffisait de ranimer le souvenir pour ranimer le désir. Je me suis entendue lui dire, avant même d'y avoir pensé :

– *I don't love you anymore, Dan.*

Il a dodeliné de la tête.

– *Okay...*

Et puis il a répété :

– *Okay...*

Pour enregistrer l'information ou parce qu'il ignorait encore l'effet qu'elle produisait, je n'aurais pu le dire. Il m'a regardée par en dessous, je n'aurais pu dire non plus s'il était désemparé ou saoul, il oscillait un peu. Au bout d'un moment j'ai compris que mon aveu ne lui faisait ni chaud ni froid, ne l'atteignait pas. *You don't love me anymore. So what ?* Son regard est devenu insistant, stupidement égrillard, paupières à demi fermées.

– *I miss your body.*

Il voulait qu'on dorme ensemble, c'était trop difficile de me sentir dans la pièce d'à côté, d'avoir fait des milliers de kilomètres pour dormir chacun dans un lit. Juste en hommage au temps passé, juste pour se faire un peu de bien, on était seuls, on était libres, on n'avait rien à perdre, on n'a que le bien qu'on se fait, non ? Qu'est-ce qui nous empêchait de nous faire un peu de bien ? Sa voix se voulait cajoleuse, invitante, il revoyait ses espérances à la baisse, il les bradait complètement ; il était prêt à résumer ces quarante ans en un peu de sexe bien mené, Johanna n'avait jamais aimé ça. Le cul. Le sexe. Il avait épousé une prude, une fille qui n'aimait pas qu'on la lèche, qui cachait son corps quand elle se faufilait dans le lit.

« *Let's make it nice.* » Je l'ai regardé attentivement, ses yeux vert et doré étaient baignés de soleil, ses cheveux courts et gris ne suffisaient pas à faire oublier la tête qu'il avait avant. J'ai pensé à maman dans sa petite chambre moche et malodorante. « *Let's make it nice* », c'était peut-être possible de terminer parfois les choses avec grâce, avec un peu d'éclat. Il m'observait avec plus de hardiesse, il avait perçu le tout léger changement qui venait de se produire et s'engouffrait dans la brèche. Il creusait son chemin sans me lâcher des yeux. Puis il a dit « *Let's go* », d'un ton à la fois doux et sans réplique. Il s'est redressé et je l'ai suivi avec une nouvelle docilité en convoquant autant de souvenirs que je pouvais en avoir à disposition. Dans les profondeurs de la mine. Concentration, concentration, concentration.

Très mauvais plan. On était secs comme du bois mort alors qu'il faisait dans ce lit une chaleur d'étuve. Et notre maladresse était telle qu'on trébuchait l'un sur l'autre, on se cognait sans arrêt. « *Oh, sorry.* » Je ne reconnaissais rien, ni la peau ni l'odeur, je ne ressentais rien, ni émotion ni plaisir. Même pas de dégoût. Rien. Du bois mort, vraiment. Pour éviter de l'embrasser, je gardais le visage enfoui dans son cou à la recherche de je ne sais quelle résurgence, mais sa peau avait juste une odeur aigre qui ne me rappelait rien. Il ne bandait pas, mais soufflait bruyamment comme s'il était pris d'une excitation qu'il éprouvait peut-être, après tout, il était peut-être vraiment ému, qu'est-ce que j'en savais ? Mais je préférais croire qu'il me cherchait aussi, lui avec frénésie, et ne me trouvait pas. Il y mettait plus de cœur ou plus de formes que moi, il jouait le jeu puisqu'il l'avait initié ; moi j'étais si peu présente – je cherchais les poils de Nils sur la peau glabre de Dan –, mes gestes étaient à ce point mécaniques que je m'attendais à tout instant à ce qu'il le sente et interrompe cette parodie risible, « *Let's forget it* », mais peut-être était-ce moins douloureux de faire illusion que de déclarer forfait. Il s'est enhardi tout en gémissant plus fort, il n'allait pas se contenter d'un simple vol de reconnaissance. Il avait envie d'explorer plus avant et j'ai serré les jambes pour qu'il ne puisse pas glisser les doigts entre elles, au lieu de simplement dire non ; je préférais qu'il se fatigue et s'effiloche plutôt que de casser net son élan.

Il n'a pas tenté une incursion en force, il est reparti vers mes fesses, le souffle un peu moins rauque et la queue toujours molle. Le terrain de jeu rétrécissait à vue d'œil mais Dan tenait bon, il ne désespérait pas, le monde étriqué était toujours le monde.

La sonnerie de mon portable a déchiré le silence. Il était tôt, si tôt que Dan n'a pas paru l'entendre, il était couché en travers du lit, visage enfoncé dans l'oreiller. Je me suis levée d'une détente, j'ai couru vers mon lit qui n'avait pas été défait, courbée en avant comme Johanna, pour cacher mon corps dont la nudité me semblait aussi saugrenue que dans les rêves où on a tant de mal à comprendre comment on en est arrivé là, tout nu à l'arrêt de bus en plein milieu des gens. J'ai atteint mon portable avant que la sonnerie ne s'éteigne, la voix de Violette était toute fragile, prête à se briser en morceaux.

– Maman a eu une attaque cette nuit. Elle est en train de mourir, Léo.

Ma chemise de nuit pleine d'hippocampes traînait sur mon lit, je l'ai regardée fixement comme si je ne l'avais jamais vue auparavant. Avant de poursuivre il fallait que je l'enfile, je ne pouvais pas faire sans.

– Violette, attends. Attends deux secondes.

J'ai posé le téléphone sur le lit, passé la tête dans l'encolure, laissé couler le coton léger sur moi, j'étais enfin en mesure d'être entièrement là.

– Voilà… Raconte-moi.

Les sanglots de Violette étaient si déchirants que je n'ai pas pu retenir les miens, elle pleurait comme la petite fille qu'elle avait été avant de tout envoyer en l'air, famille, père, mère ; mes pleurs à moi étaient plus bruyants, plus brouillons, sans doute moins vertueux. C'était un foisonnant mélange, un balancement entre chagrin et soulagement, surtout du soulagement, et de la joie à peine comprimée, oh, pas de lac Balaton ! oh, fini de compter les jours ! Une voie royale s'étalait devant moi, je pouvais décamper, disparaître, me tirer avant la fin, et je n'allais même pas devoir trouver une excuse pour le faire. Dan a levé la tête de l'oreiller, je l'ai vu à travers mes larmes qui me dévisageait en essayant de comprendre ce qui m'arrivait. Il s'est levé encore lourd de sommeil, j'ai eu peur qu'il s'approche de moi sans se rhabiller, mais il s'est aperçu qu'il ne portait rien sur lui, il a eu une toute petite hésitation, puis il s'est baissé comme à regret pour ramasser son caleçon.

L'attente était insupportable. On était tous parqués dans ce hangar étouffant depuis bientôt deux heures, la chaleur accumulée était si dense qu'elle me faisait me sentir toute plate, collée au mur. Pas un siège pour s'asseoir, et maintenant que je pouvais m'échapper de cette ville je ne voulais pas attendre une seconde de plus, le soulagement avait fait place à une impatience enfantine et terrible, je trépignais, je voulais rentrer, je voulais être avec Violette dans la petite chambre. MAINTENANT ! TOUT DE SUITE ! Allez ! En avant ! On embarque ! Où est cet avion ? Les longues files de voyageurs contenus dans le hangar se mettaient toutes en mouvement les unes après les autres, Málaga, Lisbonne, Dublin, ils partaient tous et nous on restait là, destination Bruxelles, porte fermée, personne au comptoir. J'avais laissé Dan à l'appartement et pris le même bus que lui quelques jours plus tôt. Je m'étais assise près de la vitre et avais avalé les kilomètres avidement en regardant défiler les bâtiments gris de la banlieue de Budapest, j'avais hâte d'arriver, j'avais hâte. Dan avait paru désorienté, un peu surpris quand je lui avais dit que je préférais prendre le bus seule, mais il n'avait pas osé insister. Tandis que j'empaquetais mes affaires en désordre, avec un empressement qui même à moi aurait pu sembler suspect, il avait erré dans l'appartement sans savoir quoi faire ni quoi dire, avec son léger boitement et son éternel caleçon. Je ne saurais jamais ce qu'il avait dans la tête mais il était sans doute soulagé lui aussi, maman nous avait sauvé la mise, le fiasco passait à l'arrière-plan. D'ailleurs il n'avait plus rien tenté. Il avait abandonné. Il n'y avait plus de lien entre nous, la crispation s'était dissipée elle aussi. Son caleçon ne me dérangeait même plus. Et quand il m'a serrée dans ses bras au moment de la séparation, j'ai eu l'impression d'être enveloppée par quelqu'un qui avait disparu depuis longtemps.

La batterie de mon portable était presque à plat, je communiquais avec Violette parcimonieusement. Il ne se passait de toute façon rien. Je voulais voir maman encore vivante, mais l'avion avait déjà deux heures de retard et les choses ne semblaient pas aller en s'arrangeant de ce côté-là. Notre file était toujours immobile, la plupart des gens assis sur leur valise, de plus en plus mous, penchés sur leur téléphone. Violette m'a appelée au moment où une hôtesse d'accueil en nage tentait de fournir des éléments concrets assortis d'un nouveau délai d'attente, ça n'allait plus être très long.

– Voilà, elle vient de mourir, Léo. Ça vient d'avoir lieu. Elle a l'air bien. Vraiment… elle a l'air bien. Tu verras.

Sa voix était étrangement calme par rapport aux sanglots du matin. Ma gorge s'est serrée au point d'avoir mal et tout mon corps s'est mis à trembler, même ma main n'arrivait plus à s'appuyer au mur, tout était flasque et flageolant, j'avais du mal à rester debout. J'ai regardé autour de moi le hangar de béton, tous ces voyageurs que je ne connaissais pas, à qui j'allais pouvoir le dire ?

Je n'ai d'abord vu que la petite table déplacée au milieu de la chambre, tout contre le lit. En un coup d'œil, j'ai noté qu'elle avait été dressée avec soin, il n'y avait plus de taches sur la nappe, cachées par les assiettes aux filets dorés et bleu nuit que Violette avait exhumées d'un des deux petits meubles. Les serviettes en papier avaient le même vert un peu passé que les couronnes de la nappe ; elle avait acheté des fraises, des cerises, du beurre, du fromage et du pain qu'elle avait disposé dans une corbeille en osier qu'elle avait dû apporter de chez elle, c'était joli comme tout. Et puis j'ai vu maman morte. C'est vrai qu'elle avait l'air bien, mais elle avait beau avoir l'air bien j'ai poussé un hurlement qui sortait je ne sais d'où, une seconde avant j'ignorais que j'étais capable de produire un cri pareil. Je n'avais pas encore pris conscience de la présence de Violette qui était pourtant là tout près, elle m'a serrée fort dans ses bras, le temps que je m'arrête de trembler et que je revienne à moi, puis j'ai regardé maman de nouveau, le hurlement n'est pas revenu, ça allait mieux, j'étais même capable de parler avec une voix normale.

– Qui lui a mis les mains comme ça ?

– Thérèse.

Qui était Thérèse ? Je n'ai pas posé la question, j'ai caressé les mains qui étaient froides mais pas trop, elles ressemblaient aux mains que je connaissais. Violette était toujours à côté de moi ; c'était étrange, c'était comme si j'étais chez elle, en visite, elle semblait savoir une foule de choses que j'ignorais.

On a mangé l'une en face de l'autre, avec maman toute proche, autour de la petite table si bien apprêtée, qui formait comme un îlot accueillant au milieu de tout. Violette écrasait ses fraises sur une tartine beurrée comme on le faisait quand on était petites, et Lucienne est apparue dans l'encadrement de la porte qu'on avait laissée ouverte. On n'avait pas entendu sa chaise roulante arriver.

– Votre maman est morte ?

Elle avait l'air désolée, vraiment chagrinée par la nouvelle, sa bouche était tordue dans une grimace pleine d'empathie et d'affliction. Désolée mais curieuse.

– Je peux entrer ?

– Bien sûr, Lucienne, venez, venez.

Ragaillardie, elle a fait rouler sa chaise jusqu'au lit. Elle s'est arrêtée devant, avec timidité, et puis elle a regardé maman, en s'agrippant à la barre transversale. On aurait dit une prisonnière accrochée à des barreaux. Ou plutôt, à voir la tête qu'elle faisait, un bébé cramponné aux montants de son lit-cage et découvrant, ébahi, l'étendue d'un monde auquel il n'avait pas encore accès. Elle paraissait toute réjouie, toute bouleversée.

Je viens d'apprendre la mort de ta mère. Je pense à toi.

C'était Nils. Comment le savait-il ? Du plomb en fusion a coulé sur mes épaules et mon dos. Et j'ai eu envie d'embrasser maman, mais j'ai eu peur de sa peau et de l'effet qu'elle allait me faire.

Violette était assise près de la fenêtre entrouverte, elle envoyait des textos à tour de bras. Je n'ai pas eu le temps de penser à ce que j'allais lui répondre, déjà j'en recevais un autre.

Tu es rentrée ?

Oui.

Long silence. Le soir tombait. Tout le monde nous fichait la paix, on avait fermé la porte, aucune infirmière n'était apparue depuis que nous étions là, il n'y avait plus la moindre urgence. Violette avait lâché son téléphone, elle était en train de se rouler un pétard qu'elle fumerait je ne sais où. J'ignorais quelle heure il était, nous n'avions pas de projets précis, Violette et moi. On était là, on restait là.

– Ça t'ennuie si je le fume à la fenêtre ?

– Pas du tout.

Elle a ouvert la fenêtre sur le pantin rendu inerte par l'absence de vent, elle a allumé son joint et l'odeur de l'herbe a envahi la pièce, malgré la fenêtre grande ouverte. Maman dormait toujours, non, maman était morte, elle ne pouvait pas sentir l'odeur qu'il y avait dans la chambre, elle ratait quelque chose, elle aurait peut-être aimé se sentir enveloppée avec nous dans ce halo âcre et grisant.

J'ai été jaloux à chaque minute. Je le suis encore. Je n'ai pas arrêté de vous imaginer dans votre petit appartement conjugal. Tu m'as manqué très fort.

J'aimerais beaucoup te revoir. Quand on est mort c'est trop tard :-)

La vie soudain me faisait l'effet d'une surface lisse, nettoyée, reposante. Violette fumait avec méthode, assise sur le radiateur éteint, la tête tournée vers le parking ; Budapest avait fondu, disparu, devenu plus irréel encore que le corps de maman. J'ai mangé quelques cerises noires et juteuses ; Violette occupait le radiateur, moi le grand fauteuil, maman le lit ; cette petite chambre était pleine comme un œuf mais on était tellement silencieuses qu'on aurait pu croire qu'il n'y avait personne.

Le pétard de Violette se consumait, il était fini, elle a eu un court moment d'hésitation puis l'a envoyé aussi loin que possible sur le parking de l'ancien Brico, et puis elle m'a regardée d'un air désemparé sans rien dire, en m'adressant un petit sourire défait qui m'a fait chavirer.

La glycine était éblouissante, la canicule ne lui faisait clairement aucun effet. Pendant l'attente sur ce trottoir trop chaud, il m'a fallu admettre que ce moment n'était pas aussi simple que l'idée que je m'en étais faite : j'étais pétrifiée de trouille. Peut-être aurait-ce été plus facile si j'avais encore eu la clé.

Puis Nils est apparu. Sa chemise à grands carreaux rouges et noirs entrouverte sur le torse, les manches retroussées, les bras ouverts, le sourire large, pleinement heureux. Il était parfait.

– Oh, je suis content, je suis content.

Il m'a serrée dans ses bras avec une puissance qui m'a presque fait mal en répétant cette litanie comme pour être bien certain que je l'entende. Oh, je l'entendais, pas de doute, je l'entendais, je l'entendais, je riais tout haut. Et je sentais la douceur des poils de son torse contre ma joue. Il a plongé son visage dans mes cheveux en continuant à me serrer pour que je ne m'envole plus, puis il a relâché son étreinte. Il avait un visage tout joyeux, il avait des larmes dans les yeux, je n'avais jamais vu ça. Une telle absence d'apprêt. Une telle lisibilité.

Le couloir avait toujours la même odeur de chat et de friture, j'ai suivi Nils dans la pénombre fraîche en lui grattant le dos par-dessus sa chemise molle, dans toute sa longueur, avec une émotion qui me traversait de part en part ; il s'est retourné et s'est penché vers moi comme si j'étais sourde ou pour ne pas déranger le chat qu'on n'avait pas encore vu.

– J'ai fait un peu de rangement, mais bon, on ne s'emballe pas, hein…

Il avait l'air de s'amuser beaucoup et de n'avoir peur de rien. Le monde était vaste et semblait lui appartenir depuis peu. Il me faisait rire. J'avais l'impression très nette, et pas si désagréable, qu'il se foutait de ma gueule.

– Non, non, on ne s'emballe pas. Promis.

Pas de danger, et pas de raison non plus. Il n'y avait plus du tout d'urgence. On disparaissait tous, mais pour l'instant on était encore là. Tranquille, tranquille. Tranquille. On n'était pas encore morts, on avait le temps pour nous.

*L'auteur tient à remercier
la Fédération Wallonie-Bruxelles pour son soutien.*

RÉALISATION : IGS-CP À L'ISLE-D'ESPAGNAC
IMPRESSION : CORLET IMPRIMEUR S.A. À CONDÉ-SUR-NOIREAU
DÉPÔT LÉGAL : AVRIL 2018. N° 138554 (195915)
IMPRIMÉ EN FRANCE